Coordinación de la Colección: Daniel Goldin
Diseño: Arroyo+Cerda
Dirección Artística: Rebeca Cerda

A la orilla del viento...

Primera edición en inglés: 1990
Primera edición en español: 1993

GARY SOTO

ilustraciones de
Mauricio Gómez Morín
traducción de
Tedi López Mills

Título original:
Baseball in April and Other Stories
© 1990, Gary Soto
Publicado por acuerdo con Harcourt Brace Jovanovich, Publishers, San Diego
ISBN 0-15-205720-X

D.R. © 1993, FONDO DE CULTURA ECONÓMICA, S.A. DE C.V.
Av. Picacho Ajusco 227, México, 14200, D.F.
ISBN 968-16-3854-9

Impreso en México

FONDO DE CULTURA ECONÓMICA
MÉXICO

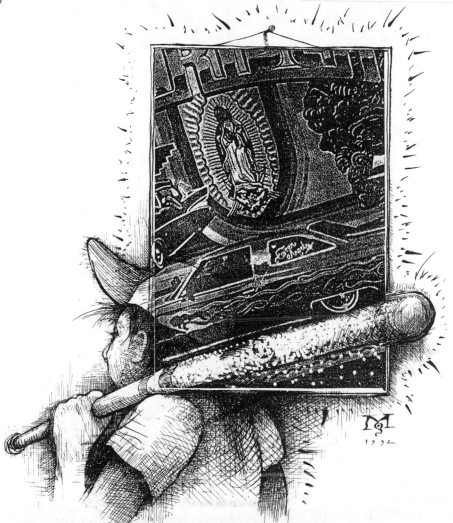

Beisbol en abril y
otras
historias

*Para
todos los
"karate kids"
y para
el maestro
Julius Baker Jr.*

Reconocimientos

El autor agradece a
Marilyn Hochman,
Joyce Carol Thomas,
José Novoa y
Jean Louis Brindamour
por su apoyo y buenos consejos.

Cadena rota

❖ ALFONSO estaba sentado en el pórtico tratando de empujar sus dientes chuecos hacia la posición que creía que debían tener. Odiaba su aspecto. La semana anterior había hecho cincuenta sentadillas diarias, con la idea de que las ondulaciones ya evidentes en su estómago se convirtieran en ondulaciones aún más marcadas, para que al verano siguiente, cuando fuera a nadar al canal, las muchachas vestidas con pantalones cortos se fijaran en él. Quería "incisiones" como las que había visto en un calendario de un guerrero azteca de pie sobre una pirámide con una mujer en sus brazos. (Aun ella tenía incisiones que podían verse por debajo de su vestido delgado.) El calendario estaba colgado encima de la caja registradora de "La Plaza". Orsúa, el dueño, dijo que Alfonso podría

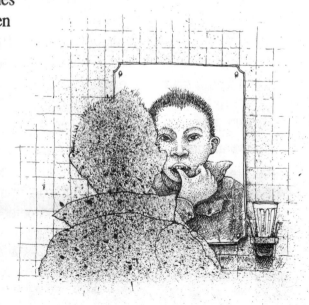

quedarse con el calendario al final del año si la mesera, Yolanda, no se lo llevaba antes.

Alfonso estudiaba las fotos de estrellas de rock en las revistas porque quería encontrar un peinado. Le gustaba cómo se veían Prince y el bajista de "Los Lobos". Alfonso pensaba que se vería muy bien con el pelo rasurado en forma de V por atrás y con rayos morados. Pero sabía que su madre no aceptaría. Y su padre, que era un mexicano puro, se apoltronaría en su silla después del trabajo, malhumorado como un sapo, y le diría "marica".

Alfonso no se atrevía a teñirse el pelo. Pero un día se había mochado la parte de arriba, como en las revistas. Esa noche su padre había regresado a casa después de un juego de softbol, contento porque su equipo había bateado cuatro jonrones en un juego victorioso de trece a cinco contra los Azulejos Colorados. Entró con paso orondo a la sala, pero se quedó helado cuando vio a Alfonso, y le preguntó, no en broma sino realmente preocupado:

—¿Te lastimaste la cabeza en la escuela? ¿Qué pasó?

Alfonso fingió no escuchar a su padre y se fue a su recámara, donde examinó su pelo en el espejo desde todos los ángulos. Quedó satisfecho con lo que vio, pero cuando sonrió se dio cuenta por primera vez de que sus dientes estaban chuecos, como una pila de coches estrellados. Se deprimió y se alejó del espejo. Se sentó en su cama y hojeó la revista de rock hasta que encontró a la estrella de rock con el pelo mochado. Tenía la boca cerrada, pero Alfonso estaba seguro de que no tenía los dientes chuecos.

Alfonso no quería ser el chavo más guapo de la escuela, pero estaba decidido a ser más apuesto que el promedio. Al día siguiente gastó en una camisa nueva el dinero que había ganado cortando céspedes, y con su cortaplumas extrajo las briznas de tierra que había bajo sus uñas.

Se pasaba horas delante del espejo tratando de reacomodarse los dientes con el pulgar. Le preguntó a su madre si podían ponerle frenos, como a Pancho Molina, su ahijado, pero hizo la pregunta en un momento poco oportuno. Ella estaba sentada a la mesa de la cocina lamiendo el sobre que contenía el alquiler de la casa. Miró a Alfonso con ira.

—¿Crees que el dinero cae del cielo?

Su madre recortaba los anuncios de ofertas que aparecían en las revistas y en los periódicos, cultivaba un huerto de legumbres los veranos y hacía sus compras en almacenes de descuento. Su familia comía muchos frijoles, lo cual no era malo pues sabían muy bien, aunque en una ocasión Alfonso había probado los ravioles chinos al vapor y le habían parecido la mejor comida del mundo luego de los frijoles.

No volvió a pedirle frenos a su madre, aunque la encontrara de mejor humor. Decidió enderezarse los dientes con la presión de sus pulgares. Después del desayuno ese sábado se fue a su recámara, cerró la puerta sin hacer ruido, encendió el radio y durante tres horas seguidas presionó sobre sus dientes.

Presionaba durante diez minutos y luego descansaba cinco minutos. Cada media hora, cuando había anuncios en el radio, verificaba si su sonrisa había mejorado. Y no era así.

Al cabo de un rato se aburrió y salió de la casa con un viejo calcetín de deportes para limpiar su bicicleta, un aparato de diez velocidades comprado en uno de los grandes almacenes. Sus pulgares estaban cansados, arrugados y rosas, tal como se ponían cuando pasaba demasiado tiempo en la bañera.

Ernesto, el hermano mayor de Alfonso, apareció en *su* bicicleta; se le veía deprimido. Recargó la bicicleta contra un duraznero y se sentó en la escalera de la parte posterior de la casa. Bajó la cabeza y pisoteó las hormigas que se acercaban demasiado a él.

Alfonso sabía bien que era mejor no decir nada cuando Ernesto tenía cara de enojado. Volteó su bicicleta, para que quedara balanceada sobre el manubrio y el asiento, y talló los rayos de las ruedas con el calcetín. Una vez que terminó, presionó sus dientes con los nudillos hasta que sintió un cosquilleo.

Ernesto gruñó y dijo:

—Ay, mano.

Alfonso esperó unos cuantos minutos antes de preguntar:

—¿Qué pasa?

Fingió no interesarse demasiado. Tomó una fibra de acero y siguió limpiando los rayos.

Ernesto titubeó, pues temía que Alfonso se riera. Pero no pudo aguantarse.

—Las muchachas nunca llegaron. Y más vale que no te rías.

—¿Cuáles muchachas?

Alfonso recordó que su hermano había estado presumiendo que Pablo y él habían conocido a dos muchachas de la secundaria Kings Canyon la semana pasada, durante la fiesta del día de muertos. Iban vestidas de gitanas, el disfraz que siempre usaban las chicanas pobres, pues lo único que hacían era pedirles prestados el lápiz labial y las pañoletas a sus abuelitas.

Alfonso caminó hacia su hermano. Comparó las dos bicicletas: la suya brillaba como un manojo de monedas de plata, mientras que la de Ernesto se veía sucia.

—Nos dijeron que las esperáramos en la esquina. Pero nunca llegaron. Pablo y yo esperamos y esperamos como burros. Nos hicieron una mala jugada.

A Alfonso le pareció una broma pesada, pero también medio chistosa. Algún día tendría que intentar algo así.

—¿Eran bonitas?

—Sí, supongo.

—¿Crees que podrías reconocerlas?

—Si tuvieran los labios pintados de rojo, creo que sí.

Alfonso y su hermano se quedaron sentados en silencio. Ambos aplastaron hormigas con sus Adidas. Las muchachas podían ser muy raras, sobre todo las que uno conocía el día de muertos.

Unas horas después, Alfonso estaba sentado en el pórtico presionando sobre sus dientes. Presionaba y se relajaba; presionaba y se relajaba. Su radio portátil estaba encendido, pero no lo suficientemente fuerte como para que el señor Rojas bajara las escaleras y lo amenazara agitando su bastón.

El padre de Alfonso se aproximó en su coche. Por la manera en que iba sentado en su camioneta —una Datsun con la defensa delantera pintada de distintos colores— Alfonso se dio cuenta de que el equipo de su padre había perdido el partido se softbol. Se retiró del pórtico con rapidez, pues sabía que su padre estaría de mal humor. Se fue al patio trasero; desencadenó su bicicleta, se sentó en ella, con el pedal pegado al piso, y siguió presionando sobre sus dientes. Se golpeó el estómago y gruñó: "Incisiones". Luego se tocó el pelo mochado y murmuró: "Fresco".

Un rato después Alfonso subió por la calle en su bicicleta, con las manos en los bolsillos, rumbo a la heladería Foster. Un chihuahueño, parecido a una rata, lo correteó. En su vieja escuela, la primaria John Burroughs, se encontró con un muchacho colgado de cabeza encima de una reja de alambre de púas; abajo, una muchacha lo miraba. Alfonso frenó y ayudó al muchacho a desatorar sus pantalones del alambre de púas. El muchacho estaba agradecido. Temía quedarse colgado toda la noche. Su hermana, de la misma edad que Alfonso, también estaba agradecida. Si hubiera tenido que ir a casa y decirle a su madre que Pancho estaba atorado en una reja, la habrían regañado.

—Gracias —dijo—. ¿Cómo te llamas?

Alfonso la recordaba de su escuela, y notó que era bastante bonita, con cola de caballo y dientes derechos.

—Alfonso. Vas a mi escuela, ¿verdad?

—Sí. Ya te había visto por ahí. ¿Vives cerca?

—Allá, en Madison.

—Mi tío vivía antes en esa calle, pero se mudó a Stockton.

—Stockton está cerca de Sacramento, ¿no?

—¿Has estado allí?

—No.

Alfonso bajó la vista hacia sus zapatos. Quería decir algo ingenioso, como hace la gente en la televisión. Pero lo único que se le ocurrió decir fue que el gobernador vivía en Sacramento. Tan pronto compartió esta información, sintió que se encogía por dentro.

Alfonso acompañó a la muchacha y al muchacho rumbo a su casa. No hablaron mucho. Cada dos o tres pasos la muchacha, que se llamaba Sandra, lo miraba de reojo; Alfonso desviaba la vista. Se enteró que, como él, ella iba en primero de secundaria y tenía un terrier llamado Reina. Su padre era mecánico en el taller Rudi y su madre era ayudante de profesores en la primaria Jefferson.

Cuando llegaron a la calle donde vivían, Alfonso y Sandra se detuvieron en la esquina, pero Pancho corrió hacia su casa. Alfonso lo vio detenerse en el zaguán para hablar con una señora que supuso era su madre. Estaba rastrillando las hojas y juntándolas en una pila.

—Allá vivo —dijo Sandra, apuntando con su dedo.

Alfonso miró por encima del hombro de Sandra durante un buen rato, mientras trataba de hacerse de valor para preguntarle si le gustaría salir a andar en bicicleta al día siguiente.

Tímidamente preguntó:

—¿Quieres salir a andar en bici?

—Quizá —jugueteó con una de sus colas de caballo y cruzó una pierna enfrente de la otra—. Pero una de las llantas de mi bici está ponchada.

—Puedo pedirle la bici a mi hermano. No le molestaría.

Se quedó pensativa unos minutos antes de decir:

—Está bien. Pero no mañana. Tengo que ir a casa de mi tía.

—¿Qué tal el lunes, después de la escuela?

—Tengo que cuidar a mi hermano hasta que mi madre regrese de su trabajo. ¿Qué tal a las cuatro y media?

—Está bien —dijo—. A las cuatro y media.

En lugar de separarse inmediatamente, se quedaron hablando un rato, haciéndose preguntas como: "¿Cuál es tu conjunto preferido?", "¿Te has subido a la montaña rusa en Santa Cruz?" y "¿Has probado la comida china?" Pero las preguntas y respuestas se terminaron cuando la madre de Sandra la llamó para que regresara a casa.

Alfonso subió a su bici lo más rápido que pudo, saltó la banqueta en una curva y, sintiéndose muy importante, se alejó velozmente con las manos metidas en los bolsillos. Pero cuando volteó hacia atrás, con el viento que le barría el pelo mochado, advirtió que Sandra ni siquiera lo veía. Estaba en el patio y caminaba hacia el pórtico.

Esa noche se bañó, se arregló el pelo con cuidado e hizo más ejercicios que de costumbre. Ya en la cama, mientras se empujaba y soltaba los dientes, estuvo fastidiando a su hermano para que le prestara su bici.

—Ándale, Ernesto —gimió—. Sólo una hora.

—Chale, quizá quiera usarla.

—Ándale, mano. Te regalo mis dulces de día de muertos.

—¿Qué dulces tienes?

—Tres *Milky Ways* y unos *Mafer.*

—¿Quién la va a usar?

Alfonso titubeó, pero se arriesgó a decir la verdad.

—Conocí a una muchacha. No vive muy lejos.

Ernesto se volteó hasta quedar bocabajo y miró el perfil de su hermano, que tenía la cabeza apoyada en el codo.

—¿*Tú* tienes una novia?

—No es mi novia, sólo una muchacha.

—¿Cómo es?

—Como una muchacha.

—Ándale, ¿cómo es?

—Lleva cola de caballo y tiene un hermano chico.

—¡Cola de caballo! Las muchachas que nos tomaron el pelo a mí y a Frostie también llevaban colas de caballo. ¿Es buena onda?

—Creo que sí.

Ernesto se sentó.

—Te apuesto a que es ella.

Alfonso sintió que el estómago se le hacía nudo.

—¡Va a ser mi novia, no tuya!

—¡Me las va a pagar!

—Más te vale que no te metas con ella —refunfuñó Alfonso, y le aventó a su hermano un klínex hecho bola—. Te atropello con la bici.

Durante una hora discutieron acerca de si era la misma muchacha que había dejado plantado a Ernesto, hasta que su madre los amenazó desde la sala que si no se callaban ya verían. Alfonso dijo una y otra vez que la muchacha era demasiado agradable para hacer una jugarreta de ese tipo. Pero Ernesto argumentó que vivía a sólo dos cuadras del lugar donde esas muchachas les habían dicho que esperaran, que estaba en el mismo año de escuela y que, dato decisivo, usaba cola de caballo. Sin embargo, muy en el fondo Ernesto estaba celoso de que su hermano, dos años menor, fuera a tener una novia.

El domingo por la mañana Ernesto y Alfonso se mantuvieron alejados, aunque durante el desayuno se pelearon por la última tortilla. Su madre, que cosía en la mesa de la cocina, les dijo que se dejaran de tonterías. En la iglesia, cuando el padre Jerónimo no los veía, se estuvieron haciendo muecas. Ernesto golpeó a Alfonso en el brazo y Alfonso, con los ojos llenos de ira, le regresó el golpe.

El lunes por la mañana se fueron a la escuela en sus bicis, sin decir una palabra, aunque no se separaron en todo el trayecto. Alfonso se la pasó preocupado durante la primera hora de clases. ¿Cómo le haría para conseguir una bici? Pensó en pedírsela a su mejor amigo, Raúl. Pero sabía que Raúl, un vendedor de periódicos con signos de dólar en los ojos, le cobraría y, con el dinero de los envases de refresco, no llegaba siquiera a los 60 centavos.

Entre la clase de historia y la de matemáticas, Alfonso vio a Sandra y a su amiga paradas junto a sus casilleros. Pasó rápidamente sin que lo vieran.

Durante el recreo, Alfonso se escondió en el taller de estructuras metálicas para evitar toparse con Sandra. ¿Qué le diría? Si no hubiera estado enojado con su hermano, le habría preguntado acerca de qué hablan las muchachas y los muchachos. Pero *sí* estaba enojado y, de todas formas, Ernesto estaba jugando rayuela con sus amigos.

Alfonso se apresuró a casa después de la escuela. Lavó los trastos del desayuno como le había pedido su madre y rastrilló las hojas. Después de terminar sus labores, hizo cien sentadillas, se empujó los dientes hasta que le dolieron, se dio un regaderazo y se peinó. Luego salió al patio para limpiar su bici. Sin pensar en lo que hacía, quitó la cadena para limpiarla del aceite terroso. Pero al desengancharla de uno de los dientes de la parte trasera del engranaje, se rompió. La cadena colgaba de su mano como una serpiente muerta.

Alfonso no podía creerlo. Ahora no sólo no tenía una bici para Sandra, sino que tampoco tenía una para él. Frustrado y al borde de las lágrimas aventó la cadena lo más lejos que pudo. Cayó con un fuerte golpe contra la cerca del jardín y asustó a Beni, su gato, que estaba dormido. Beni volteó de un lado y del otro, con el parpadeo de sus ojos dulces y grises, y se volvió a dormir.

Alfonso recuperó la cadena, que estaba definitivamente rota. Se maldijo a sí mismo por estúpido, le gritó a su bici porque era barata y azotó la cadena contra el pavimento. Otra sección de la cadena se

rompió y al rebotar le dio un golpe y, como el diente de una serpiente, le hizo una cortada en la mano.

—¡Ay!— gritó, e inmediatamente acercó la boca a su mano para chupar la herida.

Luego de ponerse un poco de yodo, lo cual sólo hizo que le doliera más su cortada, y de darle muchas vueltas al asunto, fue a su recámara para rogarle a Ernesto, que se estaba quitando la ropa de escuela.

—Ándale, mano, déjame usarla —suplicó Alfonso—. Por favor, Ernesto, haré lo que sea.

Aunque Ernesto notó la desesperación de Alfonso, ya había hecho planes con su amigo Raimundo. Iban a ir a atrapar ranas al canal de Mayfair. Sintió lástima por su hermano y le dio un chicle para consolarlo, pero no podía hacer nada por él. El canal estaba a cinco kilómetros y las ranas lo esperaban.

Alfonso tomó el chicle, lo metió en el bolsillo de su camisa y se retiró de la recámara cabizbajo. Salió azotando la puerta y se fue a sentar al callejón que estaba detrás de su casa. Un gorrión aterrizó entre la hierba y cuando trató de acercarse, Alfonso le gritó para que se fuera. El gorrión respondió con un gorjeo agudo y alzó el vuelo.

A las cuatro decidió enfrentarse a la situación de una vez por todas, y empezó a caminar hacia la casa de Sandra con paso lento, como si estuviera hundido hasta la cintura en agua. Su cara estaba enrojecida por la vergüenza. ¿Cómo la iba a decepcionar así en su primera cita? Ella seguramente se reiría. Quizá también le diría que era un menso.

Se detuvo en la esquina donde supuestamente habían quedado de verse y miró hacia su casa. Pero no había nadie afuera, sólo un rastrillo recargado contra la escalera.

¿Por qué se le había ocurrido quitar la cadena?, se dijo, regañándose a sí mismo. Siempre arruinaba las cosas cuando trataba de desarmarlas, como aquella vez que trató de volver a rellenar su guante de beisbol. Había desbaratado el guante y había llenado el hueco con bolas de algodón. Pero cuando trató de volver a arreglarlo, había olvidado cómo se hacía. Se enredó todo como la cuerda de un papalote. Cuando le enseñó la maraña a su madre, que estaba frente a la estufa haciendo la cena, lo regañó pero arregló el guante y no le dijo nada a su padre sobre la tontería que había hecho Alfonso.

Ahora debía enfrentarse a Sandra y decir: "Descompuse mi bici y mi hermano tacaño se fue con la suya."

Esperó en la esquina unos cuantos minutos, escondido detrás de una barda de arbustos durante un tiempo que le pareció infinito. Justo en el momento en que empezó a pensar en regresar a su casa, escuchó unos pasos y se dio cuenta de que ya era demasiado tarde. Sus manos, húmedas por la preocupación, colgaban a sus lados, y un hilo de sudor le iba escurriendo desde el sobaco.

Se asomó desde los arbustos. Ella traía puesto un suéter a cuadros. Un bolso rojo colgaba de su hombro. Observó cómo lo estaba buscando, cómo se paraba de puntas para ver si aparecía del otro lado de la esquina.

¿Qué he hecho?, pensó Alfonso. Se mordió el labio, se dijo que era un menso y se golpeó la frente con la palma de la mano. Alguien le pegó en la parte posterior de la cabeza. Se volvió y vio a Ernesto.

—Ya tenemos las ranas, Alfonso —dijo, mientras levantaba una bolsa de plástico toda temblorosa—. Te las enseño más tarde.

Ernesto miró a la muchacha desde los setos, con un ojo cerrado.

—No es la que nos hizo la jugarreta a Pancho y a mí —dijo finalmente—. ¿Todavía quieres que te preste mi bici?

Alfonso no podía creer su suerte. ¡Qué hermano! ¡Qué amigo! Prometió que lavaría los trastos cuando fuera el turno de Ernesto. Éste se montó en el manubrio de Raimundo y le dijo que no olvidaría esa promesa. Luego desapareció sin voltear mientras la bici se alejaba.

Libre ya de preocupaciones ahora que su hermano le había cumplido, Alfonso salió de los arbustos con la bici de Ernesto, que estaba salpicada de lodo pero que era mejor que nada. Sandra le hizo una señal con la mano.

—Hola —dijo.

—Hola —contestó Alfonso.

Sandra se veía contenta. Alfonso le dijo que su bicicleta estaba descompuesta y le preguntó si quería subirse con él.

—Está bien —dijo ella, y se montó en la bici.

Alfonso tuvo que usar toda su fuerza para mantener estable la bicicleta. Arrancó lentamente al principio, con los dientes apretados, pues Sandra pesaba más de lo que había creído. Pero una vez que tomó vuelo, resultó más fácil. Pedaleaba tranquilamente, a veces con una sola mano en el manubrio, mientras subían con rapidez por una calle y bajaban por otra. Cada vez que pasaban por un bache, lo cual sucedía con frecuencia, ella gritaba de gusto, y una vez, cuando pareció que iban a estrellarse, ella puso su mano encima de la de Alfonso, y eso fue como el amor. ❖

Beisbol en abril

❖ LA NOCHE antes de que Miguel y Jaime se presentaran.por tercera vez consecutiva en tres años a las pruebas para entrar al equipo de Ligas menores, los dos hermanos se encontraban sentados en su recámara escuchando el radio, golpeaban sus puños contra las manoplas de beisbol y hablaban sobre cómo se inclinarían para recoger las rolas o cómo le dirían "¡mía!" a otro jugador y atraparían un globo.

—Éste va a ser el año —dijo Miguel, con la confianza de un hermano mayor. Fingió que recogía una bola y sacaba a un jugador que corría hacia la primera base. Golpeó su guante, miró a Jaime y le preguntó:

—¿Qué te pareció?

Al día siguiente, cuando llegaron al campo deportivo Roldán, había cien muchachos divididos en filas de acuerdo con las edades: nueve, diez y once. Miguel y Jaime se pararon en una fila, con los guantes flácidos colgando de sus manos, y esperaron a que les colocaran un número grande de papel en la espalda, con el propósito de que los entrenadores supieran quiénes eran.

Jaime estuvo mordisqueándose la palma de la mano al tiempo que avanzaba en la fila. Cuando gritaron su número, corrió hacia el campo, y se oyó el ruido del golpeteo de sus tenis negros contra el lodo. Miró a los niños que seguían en la fila y luego a Miguel, que gritó:

—¡Tú puedes!

La primera rola rebotó tres veces, rozó su guante y se siguió hacia el jardín central. Otra rola salió del bat con un chasquido; Jaime la recogió pero se le escapó del guante. La miró fijamente antes de recuperarla y arrojarla hacia la primera base. Logró recoger la próxima bola sin ningún percance, pero su lanzamiento obligó al primera base a dar un salto en el aire con un gruñido exagerado que sirvió para que *él* se luciera. Le batearon tres bolas más a Jaime, y logró alcanzar una.

Su número se agitó como una ala rota cuando salió corriendo de la cancha para ir a sentarse en las gradas y esperar a que Miguel trotara hacia el campo.

Miguel se lanzó tras la primera rola y la arrojó mientras seguía corriendo. En la siguiente rola, se hincó en una rodilla y arrojó la pelota con indolencia hacia la primera base. Mientras su número, un diecisiete chueco, aleteaba contra su espalda, vio que un entrenador hacía una anotación en su cuaderno.

Miguel se abalanzó para agarrar la siguiente bola, pero no la alcanzó, y la pelota se fue rodando hacia el jardín central. Luego del siguiente batazo, un globo elevado, se cubrió los ojos para protegerse de la luz, y cuando la bola cayó logró atraparla en su guante. Su boca se fue abultando con la sonrisa que trataba de contener. El entrenador hizo otra anotación en su cuaderno.

Cuando llamaron al siguiente número, Miguel salió corriendo lentamente de la cancha con cara triunfante. Se sentó al lado de su hermano. Ambos permanecieron sombríos y serios mientras miraban a los otros niños entrar y salir del campo.

Finalmente, los entrenadores les dijeron que regresaran después del almuerzo para las pruebas de bateo. Miguel y Jaime corrieron a casa para comerse un sándwich y hablar acerca de sus expectativas esa tarde.

—No tengas miedo —dijo Miguel, con la boca llena de sándwich de jamón, aunque sabía que Jaime no era bueno para batear. Le enseñó cómo pararse. Apartó las piernas, restregó su pie izquierdo contra la alfombra como si estuviera apagando un cigarro y miró fijamente hacia el lugar de donde vendría la bola, a unos cinco metros de él, cerca de la mesa de la cocina. Blandió un bat invisible, lo acortó y volvió a blandirlo.

Se volvió hacia su hermano menor.

—¿Ves?

Jaime dijo que creía que sí e imitó el movimiento hasta que Miguel dijo:

—Sí, ya entendiste.

Jaime se sintió orgulloso al caminar hacia el campo deportivo, pues los niños más pequeños estaban impresionados con el número de papel en su espalda. Era como si fuera un soldado en camino a la guerra.

—¿Adónde vas? —le preguntó Rosita, la hermana de Juanito Serna, el terror del campo deportivo. Tenía una bolsa grande de semillas de girasol, y escupió una cáscara.

—A las pruebas —dijo Jaime, casi sin volverse a verla, mientras trataba de seguirle el paso a Miguel.

Una vez en el diamante Jaime volvió a sentirse nervioso. Se colocó en la fila de los de nueve años y esperó su turno para batear. Había padres agarrados a la valla, que daban las últimas instrucciones a sus hijos.

Cuando llegó su turno, Jaime temblaba y trataba de atraer la atención de Miguel para sentirse más confiado. Caminó hacia la caja de bateo, golpeó el bat contra el plato —como había visto hacer muchas veces en la televisión— y esperó. El primer lanzamiento salió abierto y por encima de su cabeza. El entrenador se rió.

Bateó con fuerza el siguiente lanzamiento y la pelota salió girando de foul. Volvió a golpear su bat contra el plato, pateó la tierra y dio un paso hacia la caja del bateador. Bateó una bola baja. Luego tomó vuelo y sacó la siguiente bola de foul hacia la orilla del diamante, lo cual lo sorprendió porque no sabía que tenía la fuerza para lanzarla tan lejos.

Le lanzaron diez bolas a Jaime y bateó tres jits; todos fueron rolas que rebotaron del lado derecho. Al rebotar, una de las rolas le golpeó la cara a un niño que había tratado de cacharla. El niño salió trotando del campo con la cabeza agachada, tratando de fingir que no había pasado nada, pero Jaime sabía que las lágrimas le brotaban de los ojos.

Jaime le pasó el bat al siguiente niño y se fue a sentar en las gradas para esperar a que batearan los niños de diez años. Se sentía mejor que en la mañana con las pruebas de fildeo, pues había bateado tres jits.

También le pareció que se veía fuerte parado en el plato, con el bat elevado por encima del hombro.

Miguel pasó al plato y bateó el primer lanzamiento hacia la tercera base. Envió el siguiente lanzamiento al jardín izquierdo. Parado en la caja, se habló a sí mismo, y dio pequeños brincos antes del siguiente lanzamiento, que bateó directamente al jardín. El entrenador hizo una anotación en su cuaderno.

Luego de sus diez lanzamientos, Miguel salió corriendo del campo y se reunió con su hermano en las gradas. Una vez más, su boca estaba abultada a fuerza de contener una sonrisa. Jaime estaba celoso del talento atlético de su hermano. Sí, se dijo a sí mismo, va a entrar al equipo, y yo sólo me la pasaré mirando desde las gradas. Imaginó a Miguel corriendo a casa con el uniforme bajo el brazo, mientras él regresaba con las manos vacías.

Miraron a los otros niños pasar al plato y aporrear, foulear, golpear, desviar, rozar y enganchar la bola por todo el jardín. Cuando una bola de foul rebotó en las gradas, Jaime la agarró. Pesó la bola en la palma de su mano, como medio kilo de jamón, y luego la lanzó de vuelta al jardín. Un entrenador indiferente la miró rodar a un lado de sus pies.

Cuando terminaron las pruebas se les dijo que si habían logrado entrar al equipo recibirían una llamada telefónica al final de la semana.

Para el lunes en la tarde ya estaban ansiosos de que sonara el teléfono. Se apoltronaron en la sala después de la escuela y vieron un programa de televisión. Cada vez que Jaime iba a la cocina, miraba furtivamente el teléfono. En una ocasión, cuando nadie lo veía, levantó el auricular para ver si funcionaba y oyó un largo zumbido.

El viernes, cuando ya era evidente que nunca recibirían una llamada, salieron al patio para aventarse la pelota y practicar sus toques de bola.

—Yo debería haber entrado al equipo —dijo Miguel, al tratar de recoger un toque de Jaime. Éste estuvo de acuerdo con él. Si alguien merecía estar en el equipo era su hermano. Era el mejor de todos.

Batearon varias rolas. Algunas rebotaron en el pecho de Jaime, pero la mayor parte desapareció elegantemente en su manopla. ¿Por qué no pudo hacer esto el sábado pasado?, se preguntó. Se enojó consigo mismo y luego se puso triste. Dejaron de jugar y volvieron a entrar en la casa para ver la televisión.

Miguel y Jaime no lograron entrar a la Liga menor ese año, pero Pedro, un amigo de la escuela, les contó de un equipo de niños de su misma escuela que practicaba en el parque de Los Vagabundos cerca del centro de la ciudad. Después de clases, Miguel y Jaime partieron velozmente hacia el parque. Recostaron sus bicicletas en el pasto y ocuparon sus posiciones en la cancha. Miguel corrió hacia el jardín y Jaime se colocó en segunda base para practicar sus rolas.

—Échame una rolita —gritó Daniel López, tercera base. Jaime lanzó una rola, que Daniel recogió al tercer rebote.

—Buena atrapada —gritó Jaime.

Daniel se veía satisfecho. Azotó la nanopla contra su pantalón mientras se apresuraba de regreso a la tercera base.

Miguel estuvo atrapando globos con Guillermo Rivas, hasta que Manuel, el entrenador, llegó en su camioneta. La mayor parte de los niños corrieron hacia él para decirle que querían la primera base, la segunda, batear primero o batear en tercer lugar. Miguel y Jaime permanecieron callados y se mantuvieron lejos del barullo.

Manuel sacó una bolsa de lona de la parte posterior de su camioneta y caminó hacia la palmera que servía de valla detrás del plato. Dejó caer la bolsa con un gruñido, aplaudió y les dijo a los niños que se colocaran en la cancha.

Los dos hermanos se quedaron quietos. Cuando Pedro le dijo al entrenador que Miguel y Jaime querían jugar, Jaime se enderezó y trató de parecer fuerte. Debido a que era mayor y más sabio, Miguel se quedó parado con los brazos cruzados a la altura del pecho.

—Ustedes colóquense en el jardín —gritó el entrenador antes de darse la vuelta para sacar un bat y una pelota de la bolsa.

Manuel tenía alrededor de cuarenta años y era paciente y paternal. Se ponía en cuclillas para platicar con los niños, hablaba suavemente y oía lo que tenían que decir. Susurraba "bien" cuando atrapaban la pelota, incluso en las jugadas de rutina. Los niños sabían que era bueno con ellos porque la mayoría no tenía papá o sus papás estaban tan acabados por el trabajo que regresaban a casa y se quedaban dormidos frente al televisor.

El equipo practicó dos semanas antes de que Manuel anunciara su primer juego.

—¿Contra quién jugamos? —preguntó Pedro.

—Contra las Gorras Rojas —contestó—. Niños del oeste de Fresno.

—¿Cómo nos llamamos nosotros? —preguntaron dos niños.

—Los Vagabundos —dijo el entrenador con una sonrisa.

Jaime había mejorado en dos semanas. Pero Miguel abandonó el equipo porque encontró una novia, una muchacha que caminaba lentamente y abrazaba sus libros contra su pecho mientras contemplaba con languidez la cara igualmente ofuscada de Miguel. Qué par de tontos, se decía Jaime al dirigirse al entrenamiento.

Jaime era cácher y se turbaba detrás de su careta cuando el bateador golpeaba la pelota, pues no tenía protector de pecho ni espinilleras. Las pelotas rebotaban en sus brazos y su pecho, pero él nunca dejó que se notara que le dolía.

Sin embargo, su bateo no mejoró, y el equipo sabía que era un *out* seguro. Algunos de los niños mayores trataron de darle consejos: cómo pararse, cómo completar el movimiento después de batear y cómo lanzar todo su peso contra la pelota. No obstante, cuando le tocaba batear, los jardineros se ponían en posición, como lobos dispuestos a atacar.

Antes del primer juego, algunos de los miembros del equipo se reunieron en el parque de Los Vagabundos para platicar acerca de la paliza que le iban a dar a las Gorras Rojas y de cómo los iban a enviar a sus casas a lloriquear con sus madres. Pronto aparecieron otros niños del equipo y se estuvieron lanzando rolas mientras esperaban al entrenador. Cuando lo vieron aproximarse, corrieron hacia su camioneta y se treparon atrás. El entrenador asomó la cabeza por la ventana y les advirtió que tuvieran cuidado. Esperó unos minutos a los niños más lentos y les hizo una seña para que se subieran adelante con él. Mientras los niños se dirigían lentamente hacia el oeste de la ciudad, con el viento que se deslizaba entre sus cabellos, pensaron que se veían bastante impresionantes.

Cuando llegaron, saltaron de la camioneta y se pararon al lado del entrenador, que saludó al otro entrenador mientras se colgaba la bolsa de lona al hombro. Jaime revisó al otro equipo: en su mayoría eran mexicanos, como su propio equipo, pero había algunos negros.

El entrenador le dio la mano al otro entrenador. Hablaron español en voz baja, luego se carcajearon y se dieron palmadas en los hombros. Se volvieron y fruncieron el ceño mientras miraban hacia el diamante, que estaba todo lodoso a causa de la lluvia reciente.

Jaime y Pedro se calentaron detrás de la valla; se lanzaron la pelota y trataron de mantenerse tranquilos. Jaime envidiaba a los

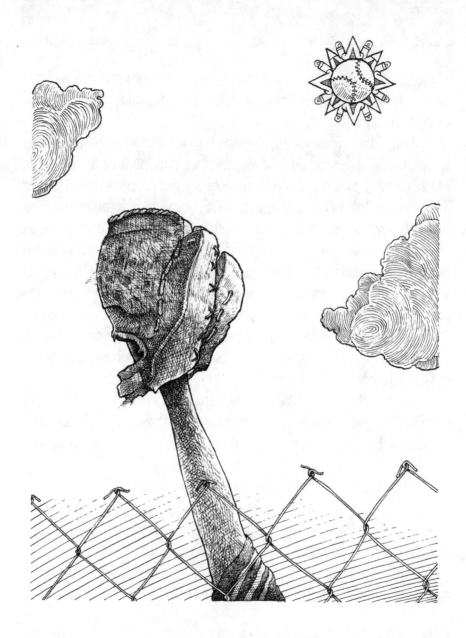

Gorras Rojas, que parecían más grandes y temibles que su equipo y llevaban camisetas y gorras iguales. Su equipo llevaba pantalones de mezclilla y camisetas de distintos colores.

Los Vagabundos batearon primero y anotaron una carrera por un error y un doble hacia el jardín izquierdo. Luego batearon los Gorras Rojas y anotaron cuatro carreras por tres errores. Durante la última jugada, Jaime se paró enfrente del plato, con la careta en su mano, y gritó:

—¡Es mía! ¡Es mía!

Pero la pelota voló por encima de su cabeza. Cuando Jaime la recogió, el corredor ya estaba sentado en la banca, respirando agitadamente y sonriendo. Jaime le llevó la pelota al pícher.

Lo miró con insistencia y notó que Elías tenía miedo.

—Ándale, tú puedes —dijo Jaime, mientras ponía su brazo en el hombro del pícher. Caminó de vuelta al plato. Tenía puesto un protector de pecho que le llegaba casi hasta las rodillas y que lo hacía sentirse importante.

Los Gorras Rojas ya no anotaron más en esa entrada.

En su segundo turno al bat, los Vagabundos anotaron dos veces con un jit y un error en el que se lastimó el cácher de los Gorras Rojas. Pero para la sexta entrada, los Gorras Rojas ya iban ganando 16 a 9.

Los Vagabundos empezaron a discutir entre ellos. Su juego era descuidado, nada parecido a los entrenamientos serenos que habían tenido en su propia cancha. Los elevados al jardín caían a los pies de jugadores boquiabiertos. Las rolas rodaban lentamente entre sus piernas. Hasta el picheo estaba mal.

—Tenías que regarla, menso —le gritó Daniel López al parador en corto.

—Pues tú no bateaste un jit y *yo* sí —dijo el parador en corto, apuntando hacia su propio pecho.

Cuando empezaron a insultarse, el entrenador, desde la perrera, les dijo que se callaran.

Jaime pasó a batear por cuarta vez esa tarde, con dos jugadores en las bases y dos *outs*. Sus compañeros de equipo se lamentaron porque estaban seguros de que iba a poncharse o a batear un globo. Para empeorar las cosas, los Gorras Rojas tenían un nuevo pícher que estaba lanzando con mucha fuerza.

Jaime tenía casi tanto miedo de las rectas del pícher como de su propio fracaso. El entrenador estaba agarrado a la reja y le susurraba cosas para alentarlo. El equipo le gritó a Jaime que bateara con fuerza. "Afiánzate", gritaron, y los obedeció, con el bat elevado por encima de su hombro. Después de dos bolas y un *strike,* el pícher lanzó una bola baja y rápida en dirección al muslo de Jaime. Éste se mantuvo quieto, pues sabía que ésa era la única manera en que podría correr a base.

La pelota lo golpeó con un ruido sordo. Jaime se dejó caer, se agarró la pierna y trató de contener sus lágrimas. El entrenador salió corriendo de la perrera y se agachó para sobarle la pierna. Algunos de los niños de su equipo se acercaron para preguntar: "¿Duele?", "¿Puedo ser cácher ahora?" y "¡Déjeme correr en su lugar!"

Jaime se levantó y se dirigió cojeando hacia la primera base. El entrenador le ordenó al equipo que regresara a la perrera y se fue trotando hacia la caja de entrenadores en la primera base. Aunque le dolía su pierna, Jaime estaba contento de estar en la base. Sonrió, miró hacia arriba y se reacomodó la gorra. Así se siente, pensó. Aplaudió y animó al siguiente bateador, el primero al bat.

—¡Anda, mano, anda! ¡Tú puedes!

El bateador bateó una bola elevada hacia el fondo del jardín central. Mientras el jardinero corría en reversa para atrapar la pelota, Jaime dio la vuelta por la segunda base en su camino hacia la tercera: se sentía maravilloso llegar tan lejos.

Los Vagabundos perdieron 19 a 11, y perdieron cuatro veces más durante esa temporada frente a los Gorras Rojas. Los Vagabundos estaban atrapados en una liga formada por sólo dos equipos.

Jaime jugó hasta que la liga desapareció. Cada vez asistían menos jugadores a los entrenamientos, y el equipo empezó a utilizar mujeres para llenar los huecos. Un día Manuel no apareció con su bolsa de lona. En ese momento, los cuatro niños que quedaban se dieron cuenta de que la temporada de beisbol había terminado. Se lanzaron la pelota varias veces, luego se montaron en sus bicicletas y se marcharon a sus casas. Jaime no fue al entrenamiento del día siguiente. Se quedó en su casa frente a la televisión viendo a Supermán doblar barras de acero.

Sin embargo, se sentía culpable. Pensó que quizá uno de los muchachos había ido al entrenamiento sólo para descubrir que nadie había llegado. Quizá se había sentado en la banca o, con tal de hacer algo, tal vez había practicado sus globos lanzando la pelota al aire. Quizá había gritado: "La atrapé, la atrapé", completamente solo. ❖

Dos soñadores

❖ LUIS MOLINA, el abuelo de Héctor, había nacido en la ciudad de Jalapa, pero había abandonado México antes de cumplir los treinta años para ir a los Estados Unidos. Con frecuencia, durante los tranquilos días del verano, se sentaba en su patio trasero y recordaba su pueblo natal: el repiqueteo de los cascos de los caballos y los burros, la limpieza y los crepúsculos polvosos, los grillos y el cielo nocturno salpicado de estrellas. También se acordaba de su padre, un peluquero al que le encantaba escuchar su radio, y de su madre, que usaba vestidos estampados de flores y que gozaba mucho de los juegos de naipes.

Pero eso había sido hace mucho tiempo, en la tierra de la infancia. Ahora vivía en Fresno, en una calle sombreada y llena de hogares tranquilos. Tenía cinco hijos y más nietos que dedos en los pies y en las manos. Era velador nocturno en una tienda.

El nieto favorito de Luis era Héctor, que era como él, soñador y callado. Después de su trabajo, Luis dormía hasta el mediodía, se daba un regaderazo y se sentaba a disfrutar de su comida. Héctor, que pasaba los veranos con sus abuelos, se reunía con su abuelo a la mesa y lo miraba comer platos de frijoles con guisado de carne repleto de chile.

Luis y Héctor no hablaban mucho cuando estaban a la mesa. No era sino hasta que su abuelo terminaba y se acomodaba en su silla preferida cuando Héctor se decidía a hacerle preguntas sobre el mundo; preguntas como: "¿es cierto de veras que el mundo es redondo como una pelota?", "¿cómo son los egipcios?", "¿por qué nosotros nos comemos a los pollos y ellos no nos comen a nosotros?"

Para cuando Héctor cumplió nueve años, el abuelo era quien hacía las preguntas. Estaba interesado en los bienes raíces, pues había oído que por medio de la venta de una casa su yerno había ganado suficiente dinero para comprarse un coche nuevo y construir una barda de tabiques alrededor de su patio. Le impresionaba el hecho de que un hombre joven como Genaro pudiera comprar una casa, esperar uno o dos meses, venderla y ganar suficiente dinero para comprar un coche nuevo y construir una barda de tabiques.

Después de la comida, el abuelo solía pedirle a su nieto que viniera a sentarse con él.

—Ven, Héctor. Ven. Quiero hablar contigo. Quiero hablar contigo.

Se sentaban cerca de la ventana sin decirse nada hasta que el abuelo lanzaba un suspiro y empezaba a hacerle preguntas a su nieto.

—¿Cuánto crees que vale esa casa? Mucho dinero, ¿no? ¿Mucho?

—Abuelo, me hiciste esa pregunta ayer —decía Héctor, y estiraba el cuello para ver la casa. Era una casa amarilla, que tenía el farol de entrada prendido día y noche.

—Ya sé, pero eso fue ayer. Ayer tenía cinco dólares en mi bolsillo y ahora sólo tengo tres. Las cosas cambian, hijo. ¿Entiendes?

Héctor miró la casa detenidamente antes de aventurarse a una conjetura.

—¿Treinta mil?

—¿Lo crees de veras, hijo mío?

Su abuelo se ponía a soñar, lleno de esperanza. Si esa casa valía treinta mil dólares, entonces la suya, que estaba en mejores condiciones y recién pintada, valdría mucho más. Y en México aun treinta mil dólares bastarían para comprar muchas casas. Tenía la esperanza de que luego de jubilarse, él y su esposa regresarían a México, a Jalapa, donde toda la gente les tendría respeto. No pasaría un sólo día sin que el carnicero o el peluquero o el boticario o los niños ambiciosos con signos de dólar en los ojos saludaran al "millonario".

Otro día después de comer, el abuelo le dijo a Héctor que iban a ir a ver una casa.

—¿Qué casa?

La abuela de Héctor, que limpiaba la mesa, lo regañó.

—Viejo, estás chiflado, estás loco. ¿Para qué quieres comprar una casa si ya tienes una?

El viejo la ignoró y fue al baño para echarse colonia en la cara y peinarse. Empujando suavemente a Héctor, que caminaba frente a él, salió de su casa para ver otra que estaba a dos cuadras de distancia.

Héctor y su abuelo se detuvieron delante de una casa rosa con un letrero de "Se vende". El viejo sacó un lápiz y un cuaderno pequeño de la bolsa de su camisa y le pidió a Héctor que anotara el número del teléfono.

El abuelo caminó por la banqueta a lo largo del frente de la casa y observó las grietas en el estuco.

—Está bonita, ¿no? —le preguntó a Héctor.

—Sí, supongo.

—Claro que está bonita, hijo. Claro que sí. Y seguramente no cuesta mucho dinero, ¿no crees?

—Supongo. Si tú lo dices.

—¿Cuánto crees?

—No sé.

—Claro que sabes. A ver, dime.

—¿Treinta mil?

—¿Treinta mil? ¿Tú crees?

Su abuelo se pasó la mano lentamente por la quijada mal rasurada. Quizá podría comprarla. Quizá podría dar un adelanto de ocho mil dólares, todos sus ahorros, y pagar una cantidad pequeña cada mes. Podría repintar la casa, colocar una cerca de hierro forjado y plantar un limonero bajo la ventana que daba a la calle. También plantaría una secoya que crecería muy alta y oscura para que la gente que pasara en coche por la calle la viera y supiera que Luis Salvador Molina vivía en esa casa bella.

Más tarde, mientras la abuela andaba de compras en el supermercado, el abuelo trató de convencer a Héctor de que tomara el teléfono y hablara a ese número. Héctor, incómodo ante la posibilidad de hablar con un adulto, sobre todo uno que vendía cosas, se negó a tener que ver algo con el asunto. Salió al patio trasero para jugar con Bombón, el *poodle* de su abuela. Su abuelo lo siguió y se entretuvo con sus plantas de jitomate. Finalmente, caminó hacia Héctor y dijo:

—Te doy dos dólares.

A Héctor le pareció que era un buen trato. Dejó al perro parado en sus patas traseras y con una pelota de tenis toda ensalivada en la boca. Siguió a su ansioso abuelo hacia la casa.

—Hijo, sólo pregunta cuánto cuesta. No hay problema —le aseguró su abuelo. Héctor marcó el número con un dedo torpe.

Contuvo el aliento cuando empezó a sonar el teléfono del otro lado. Luego hubo un ruido y una voz que decía: "Bienes raíces del Sol". Antes de que la persona pudiera preguntar "¿En qué puedo ayudarlo?", Héctor, quien se sentía mareado y empezaba a tener dudas sobre si la llamada telefónica valía dos dólares, preguntó:

—¿Cuánto cuesta?

—¿Qué?

—¿Cuánto dinero? —repitió Héctor, mientras mecía el teléfono nerviosamente con sus dos manos.

—¿A qué propiedad se refiere?

La mujer parecía estar tranquila. Su voz era como la voz de su profesora, lo cual asustó a Héctor pues ella sabía todas las respuestas, más respuestas sobre el mundo que su abuelo, quien sabía mucho.

—Es una rosa en la calle Naranjos.

—Por favor espere mientras voy a buscar la información.

Héctor miró a su abuelo, que se estaba peinando frente al espejo del pasillo.

—Está buscando los datos de la casa.

Luego de unos minutos la mujer regresó.

—La dirección es calle Naranjos número 43, una casa encantadora. Dos recámaras, un patio grande, equipada. Los dueños están dispuestos a entregar la casa si se les da un adelanto considerable. La casa también tiene...

Pero Héctor, cuyas manos apretaban fuertemente el teléfono, interrumpió a la mujer y preguntó:

—¿Cuánto cuesta?

Hubo un momento de silencio. Luego la mujer dijo:

—Cuarenta y tres mil. Los dueños están urgidos y quizá acepten menos, quizá cuarenta y un mil quinientos.

—Espere un momento —le dijo a la mujer. Héctor se volvió hacia su abuelo—. Dice que cuesta cuarenta y tres mil.

Su abuelo emitió un gruñido y su sueño se fundió como un foco. Metió el peine en su bolsa trasera.

—Dijiste treinta mil, hijo.

—No sabía; sólo adiviné.

—Pero es mucho. Es demasiado.

—Bueno, no sabía.

—Pero tú vas a la escuela y sabes cosas.

Héctor miró el teléfono en su mano. ¿Por qué le había hecho caso a su abuelo y le había hablado a una persona que ni siquiera conocía? Estaba consciente de los gruñidos de su abuelo a su lado y de la voz de mosquito de la mujer que desde el teléfono le preguntaba:

—¿Quiere ver la casa? Puedo hacerle una cita para esta tarde, a las dos, por ejemplo. Y por favor, ¿podría darme su nombre?

Héctor se colocó el auricular en la oreja y dijo bruscamente:

—Cuesta demasiado dinero.

—¿Me puede dar su nombre?

—Estoy hablando de parte de mi abuelo.

Su abuelo se puso un dedo sobre los labios y lanzó un chistido. No quería que supiera quién era, pues temía que le hablara más tarde y que su esposa lo regañara por pretender ser un hombre importante como Genaro, su yerno. Le quitó el auricular a Héctor y colgó.

Héctor no se molestó en pedir sus dos dólares. Salió al jardín y jugó con Bombón hasta que su abuela regresó a casa, con una bolsa atiborrada de compras en los brazos. Héctor cargó la bolsa a la casa y miró de soslayo a su abuelo, que jugaba solitario en una pequeña mesa cerca de la ventana. No parecía estar alterado. Su cara se veía larga y tranquila, y sus ojos ya no estaban llenos de la excitación del dinero.

Mientras su abuela preparaba la cena, Héctor se repantigó en el sofá y se puso a leer un cuento. Un susurro de su abuelo lo interrumpió:

—Héctor, ven acá.

Héctor levantó la mirada de su cuento. Los ojos de su abuelo lucían nuevamente ese húmedo delirio de la riqueza y las casas rosas. Héctor se puso de pie y dijo en voz alta:

—¿Qué quieres, abuelo?

—Calla —dijo el viejo, y lo jaló hacia él—. Quiero que hables y preguntes por qué el estuco está agrietado y por qué cuesta tanto dinero.

—No quiero —dijo Héctor, tratando de zafarse de la mano de su abuelo.

—Oye, te daré algo muy, muy especial. Valdrá mucho dinero, hijo, cuando seas viejo. Ahora sólo vale poco, pero después valdrá mucho dinero —chifló y agitó la mano—. Mucho dinero, hijo mío.

—No sé, abuelo, tengo miedo.

—Sí, pero sabes, vas a ser un hombre rico, hijo.

—¿Qué me vas a dar?

Su abuelo se levantó, sacó el monedero del bolsillo de su pantalón y de un pliegue secreto extrajo un billete antiguo de mil dólares. El billete era verde, grande y tenía el retrato de un soldado con una barba larga.

Héctor estaba impresionado. Había visto la colección de botellas y fotografías viejas que tenía su abuelo, pero esto era algo nuevo. Se mordió el labio inferior y dijo:

—Está bien.

Su abuelo caminó de puntitas al teléfono y jaló el cable hacia el pasillo, lejos de la cocina.

—Ahora habla y acuérdate de preguntar por las grietas y por qué cuesta tanto.

Héctor había empezado a sudar. Su abuela estaba en la pieza contigua y si los agarraba tratando de ser poderosos magnates dueños de tierra, los regañaría a ambos. Al abuelo, claro, le tocaría la peor parte. Nunca dejarían de pelearse.

Marcó el número. Sonó dos veces y luego un hombre dijo: "Bienes raíces del Sol."

—Quiero hablar con la mujer.

—¿Mujer? —preguntó el vendedor.

—La mujer. Le hablé hace un rato para preguntar sobre la casa rosa.

Sin decir una palabra, el hombre dejó a Héctor a la espera. Héctor miró a su abuelo, que vigilaba a su esposa.

—Me dejó esperando.

Se oyó un chasquido en el teléfono y luego la voz de la mujer.

—¿Puedo ayudarlo en algo?

—Sí. Le hablé para preguntarle de la casa rosa, ¿se acuerda?

—Sí. ¿Por qué colgó?

—Mi abuelo colgó, no yo.

—Bueno, pues ¿en qué puedo ayudarle? —su voz parecía querer morder a Héctor.

—Mi abuelo quiere saber por qué la casa tiene tantas grietas y por qué cuesta tan cara.

—¿Qué?

—Mi abuelo dijo que vio grietas.

En ese momento se oyó la voz insistente de su abuela:

—Viejo, ¿dónde andas? Quiero que me abras este frasco.

Sus miradas se llenaron de terror. El abuelo colgó el teléfono justo cuando la mujer preguntaba, con esa voz tenue de mosquito.

—¿De qué está hablando?

Héctor quiso esconderse en el armario del pasillo, pero sabía que estaba repleto de abrigos y que allí estaba guardado el burro de planchar. En lugar de eso, se agachó y pretendió amarrarse la agujeta del zapato. Su abuelo miró el espejo y empezó a peinarse.

La abuela entró al pasillo con un frasco de nopales. Frunció el ceño y preguntó:

—¿Qué están haciendo, par de locos?

—Nada —dijeron al unísono.

—Algo traman. Sus caras están sucias de vergüenza.

Miró el teléfono como si fuera un objeto que nunca hubiera visto antes y preguntó:

—¿Qué hace esto aquí? ¿Le estás hablando a una novia, viejo?

—No, no, viejita. No sé cómo llegó aquí.

Encogió los hombros y le susurró suavemente a Héctor.

—Cuatro dólares.

Luego, dijo en voz alta:

—¿Tú sabes, hijo?

A Héctor le dio gusto salvar a su abuelo de una regañiza que duraría años.

—Ah, le hablaba a mi amigo Alfonso para ver si venía a jugar.

La abuela los miró a los dos.

—¡Mentirosos!

—Es verdad, mi vida —dijo el abuelo—. Es verdad. Yo lo oí hablarle a su amigo. Le dijo: "Alfonso, ven a jugar."

—Sí, abuela.

Discutieron, pero la abuela finalmente los dejó en paz. Abrieron con gusto el frasco de nopales y aceptaron encantados la sugerencia de la abuela de salir al jardín y cortar el pasto antes de la cena.

Héctor y su abuelo cortaron el pasto con entusiasmo. Una tormenta de sudor se soltó en sus sobacos. Hasta se pusieron de rodillas para arrancar los manojos de pasto que la podadora no había cortado.

Héctor no se atrevía a pedirle los cuatro dólares a su abuelo, pero mientras barría la entrada del zaguán y la banqueta se le ocurrió que quizá su abuelo sí le debía ese dinero. Le habló a la señora, argumentó consigo mismo, no una sino dos veces. No era su culpa que la casa costara tanto dinero. Mientras terminaban el trabajo, Héctor preguntó:

—¿Qué pasó con mis cuatro dólares?

Su abuelo, que empujaba la podadora hacia la cochera frunció los labios y se quedó pensativo unos cuantos segundos.

—¿Qué importancia puede tener el dinero para un joven como tú? —dijo finalmente—. No te hace falta nada, ¿o sí?

—¡Quiero mi dinero!

—¿Qué dinero?

—Sabes a qué me refiero. Le voy a decir a la abuela.

—Sólo estaba bromeando, hijo.

Lo último que quería es que su esposa se la pasara regañándolo durante la cena. Extrajo su monedero y sacó ocho monedas de 25 centavos.

—Son sólo dos dólares —se quejó Héctor.

—Sí, pero te daré el resto cuando compre la casa rosa. Ya verás, hijo, serás un hombre rico uno de estos días. Un día todo será tuyo.

Héctor no dijo nada. Estaba contento de tener el dinero y aún más contento porque su abuela no los había regañado. Luego de colocar el rehilete para regar, los dos hombres trabajadores se fueron a cenar. ❖

Un blues sin guitarra

❖ CUANDO Fausto vio al grupo "Los Lobos" por televisión supo lo que quería hacer con su vida: tocar la guitarra. Sus ojos se abrieron con emoción al ver a "Los Lobos" tocar una canción mientras los adolescentes rebotaban unos contra otros en la pista de baile.

Hacía años que veía ese programa, y había escuchado a Ray Camacho y su conjunto en el Parque Román, pero nunca se le había ocurrido que él también podía convertirse en músico. Esa tarde Fausto supo cuál era su misión en la vida: tocar la guitarra en su propio conjunto; componer sus propias canciones y bailotear sobre el escenario, y hacer dinero y vestirse de manera estrafalaria.

Fausto apagó la televisión y salió de la casa, mientras pensaba cómo conseguir suficiente dinero para comprarse una guitarra. No podía pedírselo a sus padres pues ellos sólo dirían: "El dinero no cae del cielo" o "¿Qué crees que somos? ¿Banqueros?" Además, odiaban el rock. A ellos les gustaba la música de conjuntos: Lydia Mendoza, el Flaco Jiménez y "Joselito y La familia". Y, según recordaba Fausto, el último disco que habían comprado era el de *Las ardillas cantan sus villancicos preferidos*.

Pero no perdería nada con tratar. Volvió a casa y miró a su madre hacer tortillas. Se recargó contra la mesa de la cocina y trató de armarse

de valor para pedirle una guitarra. Finalmente, no pudo aguantarse las ganas.

—Mamá —dijo—, quiero una guitarra en Navidad.

Ella levantó la vista de sus tortillas.

—Cariño, una guitarra cuesta mucho dinero.

—¿Y qué tal para mi próximo cumpleaños?

—No puedo prometer nada —dijo, mientras regresaba a sus tortillas—. Pero ya veremos.

Fausto volvió a salir de la casa con una tortilla embarrada de mantequilla. Sabía que su madre tenía razón. Su padre era el encargado del almacén en un comercio de alfombras y ganaba bien, pero no lo suficiente para comprarles a sus hijos todo lo que querían. Fausto decidió que cortaría céspedes para ganar dinero. Empujaba la podadora por la calle cuando se dio cuenta de que era invierno y nadie lo contrataría. Regresó la podadora a su lugar y agarró el rastrillo. Se trepó en la bici- cleta de su hermana (la suya tenía las llantas ponchadas) y se dirigió hacia el Norte, a una sección más bonita de Fresno, con la intención de buscar trabajo. Fue de puerta en puerta, pero después de tres horas sólo logró conseguir un trabajo, que no tenía que ver con barrer hojas. Se le pidió que fuera rápidamente a la tienda para comprar una hogaza de pan, por lo cual recibió una moneda de veinticinco centavos sucia y cubierta de tierra.

También le tocó una naranja, que se comió sentado en la bardita. Mientras comía, se le acercó un perro y le olfateó la pierna. Fausto lo empujó a un lado y arrojó una cáscara de naranja hacia el cielo. El perro la atrapó y se la comió velozmente. El perro miró a Fausto y meneó la cola para pedir más. Fausto le aventó un gajo de naranja, y el perro lo engulló y se lamió los belfos.

—¿Por qué te gustan las naranjas, perro?

El perro parpadeó con sus ojos tristes y gimió.

—¿Qué te pasa? ¿Te quedaste mudo? —Fausto se rió de su chiste y le ofreció otro gajo al perro.

En ese momento un tenue destello iluminó el espíritu de Fausto. Vio que era un perro bastante fino, un terrier o algo, con placa de identificación y un collar reluciente. Y se veía bien alimentado y sano. En su barrio los perros nunca tenían identificación y si se enfermaban los colocaban junto al calentador de agua hasta que se curaran.

Este perro parecía pertenecer a gente rica. Fausto se limpió las manos pegajosas en los pantalones y se puso de pie. El destello se hizo más brillante. Podría funcionar. Llamó al perro, le dio una palmada en el lomo y se inclinó para revisar la placa.

—Maravilloso —dijo—. Hay una dirección.

El perro se llamaba Rogelio, lo cual le pareció extraño a Fausto pues nunca se había topado con un perro que tuviera el nombre de una persona. Los perros debían llamarse Bombón, Pecas, Reinita, Matador o Cero.

Fausto planeaba regresar el perro a su hogar y cobrar una recompensa. Diría que había encontrado a Rogelio junto a la autopista. Esto dejaría aterrados a los dueños, quienes estarían tan contentos que seguramente le ofrecerían una recompensa. Le incomodaba mentir, pero el perro *sí* estaba suelto. Y quizá incluso de veras se había perdido, pues la dirección en la placa estaba a seis cuadras de distancia.

Fausto escondió el rastrillo y la bicicleta de su hermana detrás de un arbusto y caminó con el perro rumbo a casa de sus dueños. Cada vez que Rogelio se distraía, Fausto le arrojaba una cáscara de naranja. Se detuvo titubeante en el pórtico hasta que Rogelio empezó a rascar la puerta con una pata lodosa. Si ya había llegado hasta aquí, Fausto decidió que lo mejor era terminar con el asunto. Tocó con suavidad. Como nadie contestaba, tocó el timbre. Un hombre con una bata sedosa y pantuflas abrió la puerta y pareció confundido al ver a su perro y al niño.

—Señor —dijo Fausto, sujetando a Rogelio del collar—. Encontré a su perro junto a la autopista. Su placa de identificación dice que vive aquí —Fausto miró al perro y luego al hombre—. Sí vive aquí, ¿no?

El hombre miró fijamente a Fausto durante largo tiempo antes de decir con una voz placentera:

—Así es —se arropó aún más con su bata a causa del frío y le pidió a Fausto que pasara—. ¿Así que estaba junto a la autopista?

—Sí.

—Perro malo y metiche —dijo el hombre, agitando su dedo—. Seguramente también tiraste varios basureros, ¿no?

Fausto no dijo nada. Veía todo, asombrado con la casa, sus muebles lustrosos y una televisión del tamaño de la ventana del frente de su casa. El aire estaba lleno de un aroma de pan caliente, y una música suave y retintineante flotaba desde uno de los cuartos.

—Elena —gritó el hombre en dirección de la cocina—. Tenemos una visita.

Su esposa entró a la sala. Se limpió las manos con un trapo de cocina y sonrió.

—¿Y con quién tenemos el gusto? —preguntó con una de las voces más suaves que Fausto hubiera oído en toda su vida.

—Este jovencito dice que encontró a Rogelio cerca de la autopista.

Fausto le repitió su historia a la mujer mientras miraba fijamente el reloj de pared —de esos que no se paran nunca— con un vidrio en forma de campana; era como el reloj que le habían regalado a su tía cuando celebró sus bodas de plata. La mujer hizo una mueca y agitando su dedo frente a Rogelio dijo:

—Ah, qué malo eres.

—Fue muy amable de tu parte traer a Rogelio a casa —dijo el señor—. ¿Dónde vives?

—Junto al lote baldío en Olivos —dijo—. Ya sabe, cerca de la florería Bruno.

La mujer miró a su marido y luego a Fausto.

En sus ojos centellearon pequeños triángulos de luz mientras decía:

—Pues bien, jovencito, seguramente tienes hambre. ¿Quieres un poco de tarta?

—¿Qué desea que haga? —preguntó Fausto. Quizá la mujer quería que hiciera algún trabajo de jardinería o que le ayudara a voltear las charolas de pasas secas.

—No, nada. Nada. Sólo que disfrutes la tarta.

Lo agarró del codo y lo llevó hacia una cocina reluciente con ollas de cobre y un papel tapiz amarillo. Lo llevó hacia la mesa de la cocina y le dio un vaso grande con leche y algo que parecía una empanada. Cuando la partió en dos vio cómo se escapaban olas vaporosas de calor. Comió sin despegar los ojos del hombre y de la mujer que le sonreían, parados frente a él y agarrados del brazo. Eran raros, pensó. Pero agradables.

—Estaba muy buena —dijo luego de terminar la tarta—. ¿La hizo usted, señora?

—Sí. ¿Quieres otra?

—No, gracias. Tengo que irme a casa.

Mientras Fausto se dirigía a la puerta, el hombre abrió su cartera y sacó un billete.

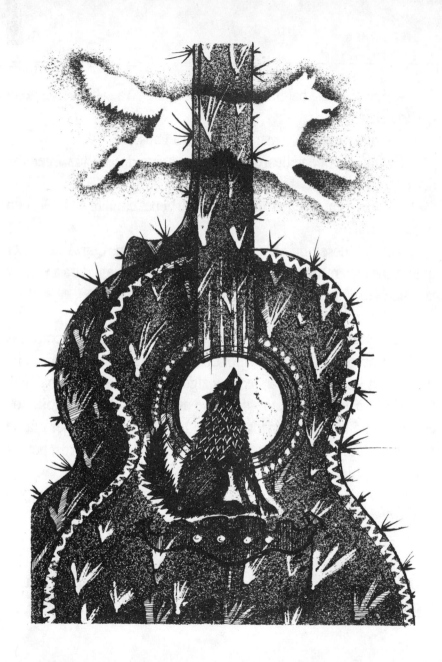

—Esto es para ti —dijo—. Rogelio es especial para nosotros, casi como un hijo.

Fausto miró el billete y supo que estaba en un aprieto. No con estas personas agradables ni con sus padres, sino consigo mismo. ¿Cómo pudo haber sido tan mentiroso? El perro no estaba perdido. Sólo estaba dando un alegre paseo sabatino.

—No puedo aceptarlo.

—Tienes que aceptarlo. Lo mereces, créeme —dijo el hombre.

—No, no lo merezco.

—No seas bobo —dijo la señora. Le quitó el billete a su marido y lo metió en la bolsa de la camisa de Fausto—. Eres un niño encantador. Tus padres son muy afortunados. Pórtate bien. Y ven a vernos otra vez, por favor.

Fausto salió, y la mujer cerró la puerta. Fausto palpó el billete a través de la bolsa de su camisa. Tenía ganas de tocar el timbre y rogarles que por favor aceptaran la devolución del dinero, pero sabía que no lo harían. Se alejó con rapidez y al final de la cuadra sacó el billete de la bolsa de su camisa: era un billete de veinte dólares.

—Ay, hombre, no debí haber mentido —dijo en voz baja mientras iba subiendo por la calle como un zombi. Quería correr a la iglesia para la confesión del sábado, pero ya eran más de las cuatro y media, hora en que terminaba la confesión.

Regresó al arbusto donde había escondido el rastrillo y la bicicleta de su hermana, y se dirigió a su casa lentamente, sin atreverse a tocar el dinero en su bolsa. En la intimidad de su recámara, examinó el billete de veinte dólares. Nunca había tenido tanto dinero. Seguramente le alcanzaba para comprar una guitarra usada. Pero se sentía mal, igual que aquella vez que había robado un dólar del pliegue secreto de la cartera de su hermano mayor.

Fausto salió de la casa y se sentó en la barda.

—Sí —dijo—. Probablemente puedo comprar una guitarra con veinte dólares. Quizá en una de esas ventas de bodega, donde todo es más barato.

Su madre lo llamó para cenar.

Al siguiente día se arregló para ir a la iglesia sin que nadie se lo pidiera. Iba a ir a la misa de las ocho de la mañana.

—Voy a ir a la iglesia, mamá —dijo.

En la cocina su madre preparaba papas y chorizo con huevos. Debajo de un trapo había una pila de tortillas calientes.

—Ay, estoy muy orgullosa de ti, hijo.

Rebosaba de alegría mientras daba vueltas a las papas.

Lorenzo, el hermano mayor de Fausto, que estaba sentado a la mesa leyendo las caricaturas, la remedó:

—Ay, estoy muy orgullosa de ti, hijo —murmuró.

En la iglesia de Santa Teresa, Fausto se sentó hasta adelante. Cuando el padre Jerónimo empezó a decir que todos somos pecadores, Fausto pensó que lo había mirado directamente a él. ¿Sabría algo? Fausto comenzó a agitarse de pura culpa. No, pensó. Ocurrió apenas ayer.

Fausto se hincó, rezó y cantó. Pero no podía olvidar al hombre y a la mujer, cuyos nombres ni siquiera sabía, y la empanada que le habían dado. Tenía un nombre extraño, pero sabía muy bien. Se preguntó cómo le habrían hecho para ser ricos. Y cómo funcionaba ese reloj de pared. En una ocasión le había preguntado a su madre cómo funcionaba el reloj de su tía. Dijo que simplemente funcionaba, como el refrigerador. Así era, simplemente.

Fausto se dio cuenta de que divagaba y trató de concentrarse en sus pecados. Dijo un avemaría y cantó. Cuando apareció la canasta de mimbre, de mala gana metió la mano en su bolsillo y sacó el billete de veinte dólares. Lo aplanó entre sus palmas y lo echó en la canasta. La gente mayor se le quedó mirando. ¿Cómo era posible que un niño diera veinte dólares de limosna cuando ellos sólo habían dado tres o cuatro?

El padre anunció que habría una segunda colecta para San Vicente de Paúl. Nuevamente volvieron a flotar las canastas de mimbre entre las bancas, y ahora los adultos sentados cerca de Fausto aprovecharon la segunda oportunidad que se les daba para mostrar su caridad. Hurgaron en sus carteras y sus bolsas y echaron billetes de cinco y diez dólares en las canastas. Fausto arrojó la moneda sucia de veinticinco centavos.

Fausto se sintió mejor después de la misa. Regresó a casa y jugó futbol en el patio con su hermano y algunos niños del vecindario. Se sentía libre de todo mal y estaba tan contento que jugó uno de sus mejores partidos de futbol. En una barrida se le rompieron sus pantalones buenos, que sabía que no debería haber estado usando. Durante unos segundos, mientras examinaba el hoyo, se arrepintió de haber regalado los veinte dólares.

Hombre, pensó, me podría haber comprado unos pantalones de mezclilla. Imaginó cómo gastarían sus veinte dólares para comprar cirios. Imaginó a un sacerdote comprando un montón de flores con *su* dinero.

Fausto tuvo que olvidar lo de comprar una guitarra. Se pasó el día siguiente jugando futbol con sus pantalones buenos, que ahora eran sus pantalones viejos. Pero esa noche, durante la cena, su madre dijo que recordaba haber visto un viejo guitarrón la última vez que había limpiado la cochera de su padre.

—Está un poco empolvado —dijo su madre mientras servía las enchiladas preferidas de Fausto—. Pero creo que funciona. El abuelo dice que funciona.

Fausto aguzó los oídos. Era el mismo tipo de instrumento que tocaba uno de los músicos de "Los Lobos". En vez de pedir la guitarra, esperó a que su madre se la ofreciera; cosa que hizo mientras retiraba los platos de la mesa.

—No, mamá, yo lo hago —dijo al tiempo que la abrazaba—. Si quieres de ahora en adelante lavaré los platos siempre.

Fue el día más feliz de su vida. No, fue el segundo día más feliz de su vida. El más feliz fue cuando su abuelo Lupe colocó el guitarrón, que era casi tan grande como una tina, entre sus brazos. Fausto recorrió las cuerdas con su pulgar y sintió la vibración en su garganta y su pecho. Tenían un sonido bello, profundo y misterioso. Una sonrisa enorme le iluminó la cara.

—Bueno, hijo, ahora pon tus dedos así —dijo su abuelo, que olía a tabaco y a loción de afeitar.

Tomó los dedos de Fausto y los colocó sobre las cuerdas. Éste rasgueó una cuerda del guitarrón y el sonido bajo retumbó en su pecho y en el de su abuelo.

El guitarrón era más complicado de lo que había imaginado Fausto. Pero tenía confianza en que al cabo de unas cuantas lecciones más podría formar un grupo que algún día tocaría en el programa de televisión frente a una multitud que no pararía de bailar. ❖

Primero de secundaria

❖ EL PRIMER día de clases Víctor estuvo parado en una cola media hora antes de llegar a una tambaleante mesa de juegos. Se le entregó un fajo de papeles y una ficha de computadora en la que anotó su única materia optativa: francés. Ya hablaba español e inglés, pero pensaba que algún día quizá viajaría a Francia, donde el clima era frío; no como en Fresno, donde en el verano el calor llegaba hasta 40 grados a la sombra. En Francia había ríos e iglesias enormes y gente con tez clara por todas partes, no como la gente morena que pululaba alrededor de Víctor.

Además, Teresa, una niña que le había gustado desde que habían ido al catecismo juntos en Santa Teresa, iba a tomar francés también. Con algo de suerte estarían en la misma clase. Teresa será mi novia este año, se prometió a sí mismo cuando salía del gimnasio lleno de estudiantes vestidos con sus nuevas ropas de otoño. Era bonita. Y buena para las matemáticas también, pensó Víctor mientras caminaba por el pasillo rumbo a su primera clase. Se topó con su amigo Miguel Torres junto a la fuente de agua que nunca se cerraba.

Se dieron la mano al estilo raza y movieron la cabeza como se hacía en el saludo de vato.

—¿Por qué pones esa cara? —preguntó Víctor.

—No estoy poniendo ninguna cara. Ésta *es* mi cara.

Miguel dijo que su cara había cambiado durante el verano. Había leído una revista de moda masculina que alguien le había prestado a su hermano y había notado que todos los modelos tenían la misma expresión. Aparecían de pie, con un brazo alrededor de una mujer bella y una especie de *mueca*. Aparecían sentados junto a una alberca, con los músculos del estómago delineados de sombras y con una *mueca*. Aparecían sentados a una mesa, con bebidas frescas entre sus manos y una *mueca*.

—Creo que funciona —dijo Miguel. Hizo una mueca y un temblor recorrió su labio superior. Se le veían los dientes y también la ferocidad de su alma—. Hace un rato pasó Belinda Reyes y se me quedó viendo.

Víctor no dijo nada, aunque le pareció que a su amigo se le veía bastante extraño. Hablaron de las películas más recientes, de beisbol, de sus padres y del horror de tener que recolectar uvas a fin de poder comprarse su ropa de otoño. Recolectar uvas era igual a vivir en Siberia, salvo que hacía calor y era más aburrido.

—¿Qué clases vas a tomar? —dijo Miguel con una mueca.

—Francés. ¿Y tú?

—Español. Aunque soy mexicano, no soy muy bueno para el español.

—Yo tampoco, aunque mejor que en matemáticas, te lo aseguro.

Una campana con eco metálico sonó tres veces y los alumnos se movieron hacia sus salones. Los dos amigos dieron un golpe en el brazo del otro y se fueron cada uno por su camino. Qué extraño, pensó Víctor, Miguel cree que por hacer una mueca parece más guapo.

En su camino al salón, Víctor ensayó una mueca. Se sintió ridículo, aunque con el rabillo del ojo vio que una niña lo miraba. Ah, pensó, quizá sí funcione. Hizo una mueca aún más marcada.

En la clase se pasó lista, se entregaron las fichas de emergencia y se repartió un boletín para que lo llevaran a casa a sus padres. El director, el señor Beltrán, habló por el altavoz y dio la bienvenida a los alumnos a un nuevo año, a nuevas experiencias y a nuevas amistades. Los alumnos se movieron nerviosamente en sus asientos y lo ignoraron. Estaban ansiosos de irse a su siguiente clase. Víctor, sentado tranquilamente, pensaba en Teresa, que estaba a dos filas de distancia leyendo una novela de bolsillo. Éste sería un año de suerte. Ella estaba en su clase de la mañana y probablemente estaría en sus clases de inglés y matemáticas. Y, claro, de francés.

Sonó la campana para la primera clase, y los alumnos se amontonaron ruidosamente en la puerta. Sólo Teresa se demoró, pues se quedó hablando con la maestra.

—¿Entonces cree que debo hablar con la señora Guzmán? —le preguntó a la maestra—. ¿Ella sabe algo de danza?

—Sería la persona adecuada —dijo la maestra. Luego añadió—: O la maestra de gimnasia, la señora Garza.

Víctor esperó, con la cabeza agachada, mirando fijamente el escritorio. Quería salir al mismo tiempo que Teresa para toparse con ella y decirle algo ingenioso.

La miró de reojo. Cuando Teresa se dispuso a salir, él se levantó y corrió hacia la puerta, donde logró atraer su atención. Ella sonrió.

—Hola, Víctor —dijo.

Él le sonrió a su vez y repuso:

—Sí, así me llamo.

Su cara morena se sonrojó. ¿Por qué no dijo "Hola, Teresa"? o "¿Qué tal estuvo el verano" o alguna cosa agradable?

Teresa se fue por el pasillo. Víctor tomó la dirección opuesta y se volteó a verla, fascinado con su forma tan graciosa de caminar, un pie delante del otro. Ahí terminó lo de tomar clases juntos, pensó. Mientras se dirigía lentamente a su clase de inglés practicó la mueca.

En la clase de inglés repasaron los elementos de la oración. El señor Lucas, un hombre corpulento, se movió con torpeza entre los asientos y preguntó:

—¿Qué es un sustantivo?

—El nombre de una persona, lugar o cosa —dijo la clase al unísono.

—Bueno, ahora alguien que me dé un ejemplo de persona. Usted, Víctor Rodríguez.

—Teresa —dijo Víctor sin pensar.

Algunas de las niñas se rieron. Sabían que le gustaba Teresa. Sintió que se volvía a sonrojar.

—Correcto —dijo el señor Lucas—. Ahora quiero un ejemplo de lugar.

El señor Lucas escogió a un niño pecoso que contestó:

—La casa de Teresa con una cocina llena de hermanos mayores.

Después de la clase de inglés, Víctor tenía la de matemáticas, materia en la que estaba fallando más. Se sentó hasta atrás, cerca de la ventana, con la esperanza de que no se le preguntara nada. Víctor entendía la mayor parte de los problemas, pero con otros tenía la impresión de que la maestra los inventaba conforme iba avanzando. Era confuso, como el interior de un reloj.

Después de la clase de matemáticas tuvo un descanso de quince minutos; luego la clase de ciencias sociales y, finalmente, el recreo. Compró un guisado de atún, unos bollos con mantequilla, una ensalada de frutas y leche. Se sentó con Miguel, que ensayaba la mueca entre cada mordida.

Las muchachas pasaban a su lado y se le quedaban viendo.

—¿Ves lo que quiero decir? —Miguel hizo la mueca—. Les encanta.

—Sí, supongo.

Comieron lentamente mientras Víctor escudriñaba el horizonte en busca de Teresa. No la vio. Seguramente trajo su propio almuerzo, pensó, y está comiendo afuera. Víctor limpió su plato y abandonó a Miguel, que le hacía una mueca a una muchacha a dos mesas de distancia.

El patio triangular y pequeño de la escuela bullía con estudiantes que hablaban de sus nuevas clases. Todo el mundo estaba de buen humor. Víctor se apresuró hacia la zona donde comían los alumnos que habían traído sus propios almuerzos y se sentó y abrió su libro de matemáticas. Movió los labios como si leyera, pero pensaba en otra cosa. Levantó la vista y miró a su alrededor. No estaba Teresa.

Bajó la vista y fingió que estudiaba; luego se volvió lentamente hacia la izquierda. No estaba Teresa. Pasó una página del libro y miró fijamente unos problemas de matemáticas que le causaban temor, pues sabía que tarde o temprano los tendría que resolver. Miró hacia la derecha. Aún no aparecía Teresa. Se estiró perezosamente con la intención de disimular su curiosidad.

Fue entonces cuando la vio. Estaba sentada con una amiga bajo un ciruelo. Víctor se pasó a una mesa cerca de ella y se puso a soñar en que la invitaría al cine. Cuando sonó la campana, Teresa levantó la vista y sus ojos se encontraron con los de Víctor. Sonrió con dulzura y recogió sus libros. Su próxima clase era francés, igual que Víctor.

Fueron de los últimos alumnos en llegar al salón, por lo cual todos los buenos escritorios de atrás ya estaban ocupados. Víctor tuvo que sentarse cerca del frente, a unos cuantos escritorios de Teresa; mientras tanto, el señor Bueller escribía palabras francesas en el pizarrón. La campana sonó, y el señor Bueller se limpió las manos, se volvió hacia la clase y dijo:

—*Bonjour.*

—*Bonjour* —dijeron valientemente algunos alumnos.

—*Bonjour* —susurró Víctor. Se preguntó si Teresa lo habría oído.

El señor Bueller dijo que si los alumnos estudiaban mucho, al final del año podrían ir a Francia y comunicarse con la población.

Un niño levantó la mano y preguntó:

—¿Qué es población?

—La gente, la gente de Francia.

El señor Bueller preguntó si alguien sabía francés. Víctor levantó la mano, pues deseaba impresionar a Teresa. El maestro se puso feliz y dijo:

—*Très bien. Parlez-vous français?*

Víctor no supo qué decir. El maestro se pasó la lengua por los labios y dijo algo más en francés. La clase guardó silencio. Víctor sintió cómo lo miraban todos. Intentó salir del aprieto haciendo ruidos que sonaban a francés.

—*La me vavá con le gra*— dijo con inseguridad.

El señor Bueller arrugó la cara con un gesto de curiosidad y le pidió que hablara más fuerte.

Enormes rosales rojos florecieron en las mejillas de Víctor. Un río de sudor nervioso le recorrió las palmas. Se sentía muy mal. Teresa, sentada a unos cuantos escritorios de distancia, seguramente estaba pensando que Víctor era un tonto.

Sin ver al señor Bueller, Víctor balbuceó:

—*Francé oh sisí gagá en septiembré.*

El señor Bueller le pidió a Víctor que repitiera lo que había dicho.

—*Francé oh sisí gagá en septiembré*— repitió Víctor.

El señor Bueller se dio cuenta de que el niño no sabía francés y miró hacia otro lado. Caminó al pizarrón y con su regla de acero señaló las palabras escritas allí.

—*Le bateau* —cantó.

—*Le bateau* —repitieron los alumnos.

—*Le bateau est sur l'eau* —cantó.

—*Le bateau est sur l'eau.*

Víctor estaba demasiado debilitado por el fracaso como para participar con el resto de la clase. Miró el pizarrón fijamente y deseó haber tomado español y no francés. Mejor aún, deseó poder empezar su vida de nuevo. Nunca se había sentido tan avergonzado. Se mordió el pulgar hasta arrancarse un jirón de piel.

La campana sonó para la siguiente clase, y Víctor salió velozmente del salón tratando de evitar las miradas de los otros niños, pero tuvo que regresar por su libro de matemáticas. Miró con vergüenza al profesor, que borraba el pizarrón, y luego abrió los ojos aterrorizado al ver a Teresa parada en frente de él.

—No sabía que supieras francés —dijo—. Estuvo bien.

El señor Bueller miró a Víctor, que a su vez miró al profesor. Ah, por favor no diga nada, rogó Víctor con sus ojos. Le lavaré su coche, le cortaré su pasto, sacaré a pasear a su perro: ¡cualquier cosa! Seré su mejor alumno y limpiaré sus borradores después de clases.

El señor Bueller removió los papeles en su escritorio. Sonrió y tarareó al tiempo que se sentaba a trabajar. Recordó su época universitaria cuando salía con su novia en coches prestados. Ella pensaba que era rico porque siempre que la recogía traía un coche diferente. Fue divertido hasta que gastó todo su dinero en ella y tuvo que escribirles a sus padres porque se había quedado sin un centavo.

Víctor no podía mirar a Teresa. Estaba sudoroso a causa de la vergüenza.

—Sí, bueno, aprendí un poco viendo películas y libros y cosas así.

Salieron del salón juntos. Teresa le preguntó si la ayudaría con su francés.

—Sí, cuando quieras.

—No te molestaría, ¿o sí?

—En lo absoluto, a mí me gusta que me molesten.

—*Bonjour*—dijo Teresa, y se metió a su siguiente clase, dejando a Víctor afuera. Sonrió y apartó los mechones de pelo de su cara.

—Sí, claro, *bonjour*—dijo Víctor.

Se dio la vuelta y caminó rumbo a su siguiente clase. Los rosales de vergüenza en su cara se convirtieron en ramilletes de amor. Teresa es una gran muchacha, pensó. Y el señor Bueller es un buen tipo.

Corrió al taller de estructuras metálicas. Después del taller vino biología y luego de biología un viaje veloz a la biblioteca pública, donde sacó tres libros de francés.

Le iba a gustar primero de secundaria. ❖

La muñeca *Barbie*

❖ EL DÍA después de Navidad, Verónica Solís y Yolanda, su hermanita, se acurrucaron en el sofá para ver las caricaturas matutinas. El conejo Bugs nuevamente estaba en un aprieto, pues no se había percatado de que la punta del risco se desmoronaba bajo sus pies. Pronto se fue despeñando por la montaña hacia un pozo de cocodrilos. Dio una orden: "Anda, anda, paraguas inútil", y de repente le salió un paraguas rojo de la cabeza. Aterrizó sin problemas, a muy corta distancia de un cocodrilo verde oscuro, y se sacudió el polvo del cuerpo.

A Verónica le gustaba ese programa, pero en realidad estaba esperando el siguiente: "Mi pony". En ese programa pasaban muchos comerciales de *Barbie,* y Verónica estaba enamorada de *Barbie,* con su pelo rubio, su cintura delgada, sus piernas largas y su ropa elegante que colgaba de ganchos diminutos. No se acordaba desde cuándo había deseado una muñeca *Barbie,* y casi le había tocado una la Navidad pasada, pero su tío Rodolfo, que tenía más dinero que todos sus otros tíos juntos, le había comprado el peor tipo de muñeca: una imitación de *Barbie.*

Verónica había despedazado el envoltorio plateado de su regalo y había descubierto una muñeca de pelo negro con una nariz chata y ordinaria, muy distinta a la nariz encantadora y respingada de *Barbie*. Le habían dado ganas de llorar, pero abrazó a su tío, aparentó una sonrisa y se fue a su recámara para mirar la muñeca. Le escurrió una lágrima por la mejilla.

—Cosa fea —dijo con irritación, y aventó a la impostora contra la pared. La muñeca quedó tendida en el piso, con los ojos abiertos como un muerto. De inmediato, Verónica se sintió avergonzada. Levantó la muñeca y la colocó a su lado.

—Perdóname. No te odio —susurró—. Pero es que no eres una verdadera *Barbie*.

Notó que la frente se había desportillado a causa del golpe contra la pared y que una de las pestañas se estaba desprendiendo como una costra.

—Ay, no —suspiró. Verónica trató de colocar la pestaña en su sitio, pero se desprendió y se le quedó pegada al pulgar—. Caramba —murmuró, y regresó a la sala, donde su tío estaba cantando villancicos mexicanos.

Se detuvo para sorber su café y darle una palmadita en la mano a Verónica.

—¿Ya le pusiste un nombre a tu muñeca?

—No, todavía no —Verónica miró el piso. Esperaba que no le pidiera que se la trajera.

—Déjame verla. Le voy a cantar una canción —bromeó.

Verónica no quería que viera que la cara de la muñeca se había desportillado y que una de las pestañas se había caído.

—Está dormida —dijo.

—Bueno, en ese caso la dejaremos dormir —dijo—. Le cantaré una canción de cuna en español.

Eso había ocurrido el año pasado. Tampoco este año le había tocado una muñeca *Barbie*. Ahora era simplemente una mañana fría de invierno, frente a la televisión.

Su tío Rodolfo apareció en la casa con su novia, Diana. La madre de Verónica estaba preocupada. ¿Por qué había venido la novia? ¿Ya había llegado el momento? Se secó las manos con un trapo de cocina y les dijo a los niños que salieran a jugar. Se volvió hacia la mujer y, sin hacerle caso a su hermano, preguntó:

—¿Qué te dieron de Navidad?

—Una bata y unas pantuflas —dijo mirando a Rodolfo, y luego añadió—: Y mi hermano me regaló un traje deportivo.

—Ven, siéntate. Voy a hacer café.

—Elena, ¿podrías decirle a Verónica que venga? —preguntó Rodolfo—. Tenemos un regalo más para ella.

—Está bien —dijo mientras se apresuraba hacia la cocina con la cara inquieta, pues algo estaba pasando y podía tratarse de matrimonio—. ¡Verónica! —gritó—, tu tío quiere verte.

Verónica soltó la punta de la cuerda y dejó jugando a su hermana y hermano. Caminó de regreso a la casa y se paró junto a su tío; pero no podía dejar de mirar a la mujer.

—¿Cómo va la escuela? —preguntó su tío.

—Bien —dijo con timidez.

—¿Te estás sacando buenas calificaciones?

—Bastante buenas.

—¿Tan buenas como las de los niños? ¿Mejores?

—Mucho mejores.

—¿Tienes novios?

Diana golpeó el brazo de Rodolfo juguetonamente.

—Rodolfo, deja de molestar a la niña. Dásela.

—Está bien —dijo, y le dio una palmadita en la mano a Diana. Se volvió hacia Verónica—. Tengo algo para ti. Algo que sé que deseabas.

La novia de Rodolfo metió la mano en una bolsa que estaba a sus pies y sacó una muñeca *Barbie*, vestida con un traje de baño rayado de una sola pieza.

—Es para ti, cariño.

Verónica miró a la mujer y luego a la muñeca. Los ojos de la mujer eran casi tan azules y su pelo casi tan rubio como los de *Barbie*. Verónica tomó lentamente la muñeca de manos de la mujer y dijo con mucha suavidad:

—Gracias.

Le dio un fuerte abrazo a su tío, cuidando de no aplastar a *Barbie* contra su pecho. Verónica le sonrió a la mujer, luego a su madre, que regresaba de la cocina con una olla de café y un plato lleno de donas espolvoreadas de blanco.

—Mira, mamá, una *Barbie* —dijo Verónica con alegría.

—Ay, Rodolfo, estás consintiendo a esta niña —lo regañó la señora Solís.

—Y eso no es todo —dijo Rodolfo—. Diana, enséñale la ropa.

La mujer sacó tres juegos de ropa: un vestido de verano, un traje sastre con pantalón y un vestido largo color perla y con encajes.

—Están preciosos —dijo la madre de Verónica. Levantó el vestido de verano y se rió porque era tan pequeño.

—Me gustan mucho —dijo Verónica—. Son como los de la tele.

Los adultos dieron pequeños sorbos a su café y miraron a Verónica inspeccionar la ropa. Luego de unos minutos, Rodolfo se enderezó y carraspeó.

—Tengo algo que decir —le dijo a su hermana, que ya sospechaba lo que era—. Nos vamos a casar. Pronto.

Le dio una palmadita en la mano a Diana, que lucía un anillo reluciente, y anunció por segunda vez que Diana y él se iban a casar. Aún no habían fijado la fecha, pero la boda sería en la primavera. La madre de Verónica fingió sorpresa, levantó la vista y dijo:

—¡Ay, qué maravilla! Ay, Rodolfo. Y Diana —besó a su hermano y a la mujer.

—¿Oíste, Verónica? Tu tío se va a casar.

Vaciló un instante y luego añadió:

—Con Diana.

Verónica aparentó una mirada de felicidad, pero estaba demasiado ocupada con su muñeca nueva.

En su recámara Verónica abrazó a *Barbie* y le dijo que era bella. Cepilló el cabello de *Barbie* con un diminuto peine azul y la vistió con los tres conjuntos. Fingió que *Barbie* tenía una cita para comer con una compañera de trabajo, la *Barbie* falsa con la frente desportillada y un ojo sin pestañas.

—Ay, mira: unos muchachos —dijo la muñeca fea—. Están muy guapos.

—Ah, esos muchachos —dijo *Barbie* con tranquilidad—. Están bien, pero *Ken* es mucho más guapo. Y más rico.

—A mí me parecen guapos. No soy tan bonita como tú, *Barbie*.

—Es cierto —dijo *Barbie*—. Pero de todas formas me caes bien. ¿Qué tal está tu sándwich?

—Bueno, pero no tan bueno como el tuyo —contestó la muñeca fea.

Verónica estaba ansiosa por hacer de *Barbie* la persona más feliz del mundo. Le puso el traje de baño y dijo con un acento madrileño fingido:

—Te ves hermosísima, hija mía.

—¿Y con quién te vas a casar? —preguntó la *Barbie* falsa.

—Con el rey —anunció. Verónica levantó los brazos movibles de *Barbie*—. El rey me va a comprar un yate y me va a construir una alberca —Verónica hizo que *Barbie* se echara un clavado en una alberca imaginaria—. El rey me quiere más que al dinero. Moriría por mí.

Verónica jugó en su recámara toda la tarde y al día siguiente le habló a su amiga Marta. Ésta tenía dos *Barbies* y un *Ken*. Invitó a Verónica a jugar con las muñecas, y eso hicieron durante horas. Las tres *Barbies* fueron a Disneylandia y a la Montaña Mágica y comieron en un restaurante caro donde hablaron de muchachos. Luego, las tres tomaron turnos para besar a *Ken*.

—*Ken*, besas con demasiada fuerza —se rió Marta.

—Se te olvidó rasurarte —se quejó Verónica.

—Perdón —dijo *Ken*.

—Así está mejor —dijeron las dos riéndose, y golpearon las caras de los muñecos unos contra otros.

Pero al final del día las dos niñas se pelearon, pues Marta trató de cambiar las *Barbies* para quedarse con la *Barbie* más nueva de Verónica. Ésta se dio cuenta de que Marta trataba de engañarla y la empujó contra la cómoda mientras le gritaba:

—¡Eres una tramposa tonta!

Se fue con sus tres conjuntos y su *Barbie* debajo del brazo. En la esquina abrazó y besó a *Barbie*.

—Es la última vez que vamos a su casa —dijo Verónica—. Casi te roba.

Se sentó en la curva, le puso el traje sastre a *Barbie* y luego se fue por un callejón donde sabía que había un naranjo. Se detuvo bajo el árbol, que estaba repleto de naranjas del tamaño de pelotas de softbol, y se robó una.

Mientras caminaba a su casa, peló la naranja con sus uñas mal pintadas y echó un vistazo alrededor del barrio. Estaba contenta, con su muñeca *Barbie* apretada debajo del brazo. El día ya casi había llegado a su fin, y pronto ella y *Barbie* estarían cenando. Luego de terminar la naranja, se limpió las manos en los pantalones y empezó a jugar con *Barbie*.

—Ay, es un día maravilloso para verse bonita —dijo *Barbie*—. Sí, voy a…

Verónica se detuvo a mitad de la frase. La cabeza de *Barbie* había desaparecido. Verónica pasó su mano por el espacio donde sólo unos minutos antes habían estado la sonrisa y el pelo rubio.

—Caramba —dijo enojada—. Se le cayó la cabeza.

Se hincó en una rodilla y empezó a buscar. Recogió hojas secas, tierra suelta y corcholatas.

—¿Dónde está?

Revisó la zanja atascada de hojas y pasó la mano entre la hierba al lado de una cerca. Lentamente caminó de vuelta hacia el callejón y examinó el suelo con desesperación. Miró a la *Barbie* decapitada en su mano. Quería llorar pero sabía que eso sólo le empañaría los ojos.

—¿Dónde estás? —le gritó Verónica a la cabeza—. Por favor, deja que te encuentre.

Llegó al naranjo. Se puso a gatas y empezó a buscar, pero no encontró nada. Golpeó el suelo con sus puños y se soltó a llorar.

—Está arruinada —sollozó Verónica—. Ay, *Barbie*, ve cómo estás. Ya no sirves para nada.

Entre sus lágrimas miró a *Barbie* y se enojó. ¿Cómo podía hacerle esto *Barbie* después de sólo un día?

Durante la siguiente hora registró la calle y el callejón. Incluso fue a tocar a la puerta de Marta y le preguntó si había visto la cabeza de *Barbie*.

—No —dijo Marta. Mantuvo la puerta entrecerrada porque tenía miedo de que Verónica siguiera enojada con ella por haber tratado de intercambiar sus *Barbies*—. ¿La perdiste?

—Se cayó. No sé qué pasó. Era nueva.

—¿Cómo se cayó?

—¿Cómo voy a saber? Simplemente se cayó. ¡Qué coraje!

Verónica se veía tan afligida que Marta salió a la calle y le ayudó a buscar. Le aseguró a Verónica que juntas encontrarían la cabeza.

—Una vez perdí las llaves de mi bicicleta en el parque —dijo Marta—. Busqué y busqué. Me hinqué y me puse a gatear por todas partes. Nadie me ayudó. Las encontré yo sola.

Verónica no hizo caso de la cháchara de Marta. Estaba ocupada hurgando entre las hierbas y volteando las piedras y las tablas de madera debajo de las cuales podría haber rodado la cabeza. Al cabo de un rato, Verónica empezó a tener dificultades para concentrarse y tuvo que seguir recordándose qué era lo que estaba buscando. "Cabeza", se dijo, "busca la cabeza". Pero todo empezó a confundirse. Estuvo viendo el suelo tanto tiempo que ya no podía distinguir una cáscara de huevo de una pistola de agua rota.

Si al menos pudiese hablar, deseó Verónica, que nuevamente estaba a punto de llorar. Si al menos pudiese gritar: "Aquí, estoy aquí junto a la cerca. Ven por mí". Se echó la culpa y luego se la echó a Marta. Si no se hubieran peleado todo habría salido muy bien. Habría jugado y luego habría regresado a su casa. Probablemente le había echado un maleficio a su *Barbie* cuando empujó a Marta contra la cómoda. Quizá fue en ese momento cuando la cabeza de *Barbie* se salió de su lugar; tenía agarrada a *Barbie* mientras se peleaba con Marta.

Cuando empezó a oscurecer, Marta le dijo que se tenía que ir.

—Pero te ayudo mañana si quieres —dijo.

Verónica hizo una mueca y gritó:

—¡Es tu culpa! Me hiciste enojar. Trataste de engañarme. ¡Mi *Barbie* estaba más bonita que la tuya, y ahora ve lo que has hecho!

Levantó la *Barbie* decapitada para que la viera Marta. Ésta se volvió y salió corriendo.

Esa noche Verónica se quedó en su recámara. Sentía que había traicionado a *Barbie* al no cuidarla bien, y no soportaba ni siquiera verla. Quería decirle a su madre, pero sabía que la regañaría por mensa.

—Si al menos pudiese decírselo a la novia de mi tío —dijo—. Ella entendería. Ella haría algo.

Finalmente, Verónica se puso su camisón, se lavó los dientes y se metió a la cama. Empezó a leer un libro de la biblioteca sobre una niña de Nueva York que había perdido a su gato, pero abandonó la lectura porque las palabras en la página no significaban nada para ella. Era una historia inventada. Su propia tristeza era real.

—No debí haber salido —dijo Verónica, mientras miraba el techo—. Debí haberme quedado en casa a jugar sola.

Se sentó y trató nuevamente de leer, pero no podía concentrarse. Se rascó una costra en la muñeca y trató de arrullarse con pensamientos tristes. Cuando ya no aguantó más se quitó de encima las cobijas con una patada y caminó hacia su *Barbie,* que estaba encima de una cómoda. Agarró también a la *Barbie* falsa.

—Vámonos a dormir —les susurró a las dos muñecas, y se las llevó amorosamente a la cama. ❖

Madre e hija

❖ LA MADRE de Yoli, la señora Moreno, era una mujer gorda que usaba vestimentas hawaianas y anteojos en forma de mariposa. Le gustaba regar su jardín por las noches y saludar a los muchachos que pasaban en sus coches arreglados; ellos la miraban por detrás de sus lentes de vidrio ahumado y se reían. De vez en cuando, algún muchacho de la avenida Belmont hacía brincar su coche y gritaba: "¡Mamacita!" Pero la mayor parte del tiempo simplemente la miraban y se preguntaban cómo le había hecho para ser tan gorda.

La señora Moreno tenía un sentido del humor extraño. En una ocasión, Yoli y su madre estaban viendo una película de última función llamada *Vinieron a ver*. Era sobre unas creaturas del inframundo que habían trepado por la lava derretida para deambular por la Tierra. Pero Yoli, que había jugado futbol todo el día con los niños de la casa de al lado, estaba demasiado cansada para sentir miedo. Sus ojos se cerraron, pero volvieron a abrirse violentamente cuando su madre gritó:

—¡Mira, Yoli! Ay, te perdiste una parte espantosa. ¡La cara del tipo estaba horrible!

Pero Yoli no podía mantener los ojos abiertos. Se volvieron a cerrar y se quedaron cerrados incluso cuando su madre gritó y golpeó el brazo de la silla con su palma pesada.

—Mamá, despiértame cuando termine la película para que pueda irme a la cama —murmuró Yoli.

—Sí, Yoli, te despierto —dijo su madre con la boca llena de palomitas.

Pero luego que terminó la película, la señora Moreno, en vez de levantar a su hija, se rió calladamente, apagó la televisión y las luces y se fue de puntitas a la cama. Yoli despertó a medianoche y no supo en dónde estaba. Durante un segundo pensó que estaba muerta. Quizá alguna creatura del inframundo la había sacado de su casa y llevado a las entrañas de la Tierra. Parpadeó con sus ojos cansados, miró la oscuridad alrededor de ella y llamó:

—¿Mamá? Mamá, ¿dónde estás?

Pero no hubo respuesta, sólo el zumbido del refrigerador.

Finalmente cesó el aturdimiento de Yoli, que se dio cuenta de que su madre se había ido a la cama dejándola en el sofá. Una más de sus bromitas.

Pero Yoli no se reía. Entró de puntitas a la recámara de su madre con un vaso de agua y lo colocó en la mesa de noche junto al despertador. A la mañana siguiente, Yoli se despertó con los gritos. Cuando su madre se estiró para apagar el despertador, tiró el vaso de agua.

Yoli quemó el pan del desayuno de su madre y sintió una gran satisfacción.

—¡Ja, ja! Ya me las pagaste. ¿Por qué me dejaste en el sofá si te dije que me despertaras?

A pesar de las bromas, en general madre e hija se llevaban bien. Veían juntas los programas matutinos de ofertas y jugaban croquet en el verano y damas en el invierno. La señora Moreno alentaba a Yoli para que estudiara mucho, pues quería que su hija fuera doctora. Le compró un escritorio, una máquina de escribir y una lámpara que disminuía el reflejo para que sus ojos no se cansaran por las muchas horas de estudio.

Yoli era delgada como un tulipán, bonita, y una de las niñas más inteligentes de Santa Teresa. Era capitana de las brigadas viales, monaguillo y campeona de los concursos mensuales de ortografía de la escuela.

—Tienes que estudiar mucho —decía la señora Moreno cada vez que subía en la colchoneta sus pies cansados por el trabajo—. Tienes que estudiar mucho para que luego consigas un buen trabajo y me cuides.

—Sí, mamá —respondía Yoli, inmersa en la lectura de un libro. Si se mostraba comprensiva con ella, su madre comenzaría con sus historias acerca de cómo había llegado con su familia desde México sin nada, salvo una bolsa con tres faldas que, para cuando cruzó la frontera, le quedaban demasiado grandes, pues había perdido peso por no tener suficiente que comer.

Todo el mundo pensaba que la madre de Yoli era muy divertida. Incluso las monjas se reían de sus payasadas. Su hermano, Raúl, dueño de un cabaret, pensaba que era lo suficientemente graciosa como para entrar al mundo del espectáculo.

Pero no tenía nada de gracioso el hecho de que Yoli necesitara un vestido para el baile de otoño de segundo de secundaria. No había dinero para comprarlo. Ya estaban a finales de octubre, con la Navidad a la vuelta de la esquina, y el Chevy Nova abollado había devorado casi cien dólares en reparaciones.

—No tenemos dinero —dijo su madre, sinceramente triste porque no podían comprar el vestido, aunque había un poco de dinero guardado para la universidad. La señora Moreno recordó su adolescencia y a sus padres trabajadores que recolectaban uvas y naranjas y cortaban remolacha y algodón cerca de Kerman por un salario exiguo. En esa época "ropa nueva" quería decir los vestidos informes y fuera de moda de San Vicente de Paúl.

Lo mejor que pudo hacer la señora Moreno fue comprarle a Yoli un par de zapatos negros con moños de terciopelo y un tinte de ropa para teñir de negro su vestido blanco de verano.

—Podemos teñir tu vestido para que se vea nuevo —dijo su madre alegremente mientras agitaba la botella de tinte y llenaba una tinaja de plástico con agua caliente. Vació el líquido negro en la tinaja y lo meneó con un lápiz. Luego sumergió el vestido lenta y cuidadosamente en la tinaja.

Yoli no quería estar presente. Sabía que no funcionaría. Sería como aquella vez que su madre revolvió una porción de melaza para hacer manzanas cubiertas en el cumpleaños de Yoli. Metió las manzanas en el líquido pegajoso y les dio vuelta y pareció querer burlarse de Yoli al cantarle "Las mañanitas". Cuando terminó, colocó las manzanas encima de un trozo de papel encerado. Estaban duras como piedras y a los niños les dolieron los dientes. Finalmente, hicieron un concurso para ver quién podía romper las manzanas al aventarlas contra una pared de la casa. Las manzanas se despedazaron como granadas, lo cual hizo que los niños salieran corrriendo en busca de refugio. Extrañamente, la fiesta resultó un gran éxito. En todo caso, los invitados regresaron felices a sus casas.

Para sorpresa de Yoli el vestido salió de un negro brillante. Parecía recién comprado y elegante, similar a lo que usa la gente en Nueva York. Miró con júbilo a su madre, que la abrazó y le dijo:

—Ya ves, ¿qué te dije?

El baile era importante para Yoli porque estaba enamorada de Ernesto Castillo, el tercer lugar en ortografía de la clase. Se bañó, se vistió, se arregló el pelo y las uñas y se estuvo acicalando hasta que su madre gritó:

—Anda, ya está bien.

Yoli se perfumó el cuello y las muñecas con el perfume Avón de la señora Moreno y de un brinco se metió al coche.

La señora Moreno dejó a Yoli enfrente de la escuela. Se despidió con un ademán y le dijo que se divirtiera, pero que se portara bien, y luego arrancó con un estruendo. Del escape del viejo Nova salía una estela de humo azul.

Yoli se topó con su mejor amiga, Jimena. No lo dijeron, pero ambas pensaban que la otra era la niña más bella del baile; los niños se pelearían por sacarlas a bailar.

Era una noche cálida, pero llena de nubes. Ráfagas de viento agitaban los faroles de papel que colgaban de los árboles y los hacían revolotear, manchando la oscuridad de rojos y amarillos. Los faroles daban un aire romántico a la noche, como en una escena de película. Todo el mundo bailaba, bebía ponche y se reunía en grupos de tres o cuatro para platicar. La hermana Carmen se puso de pie y bailó con el padre de uno de los niños. Cuando el disco terminó, los alumnos aplaudieron.

Jimena le tenía el ojo puesto a Francisco Ledesma y Yoli, que no paraba de alisarse el vestido cada vez que se lo alzaba el viento, le tenía el ojo puesto a Ernesto. Resultó que Ernesto también estaba pensando en Yoli. Se comió un manojo de galletas nerviosamente y luego la invitó a bailar.

—Claro —dijo Yoli, casi aventándose en sus brazos.

Bailaron dos piezas rápidas antes de que les tocara una lenta. Mientras giraban debajo de los faroles, empezó a llover, suavemente al principio. A Yoli le encantaba el golpeteo de las gotas de lluvia contra las hojas. Recargó la cabeza en el hombro de Ernesto, cuyo suéter raspaba. Ernesto trasmitía calor y ternura. Yoli podía ver que estaba enamorado, y de ella, claro. El baile continuó exitosamente, románticamente, hasta que empezó a llover a chorros.

—Vamos todos para adentro. Y ustedes, niños, metan la mesa y el tocadiscos —ordenó la hermana Carmen.

Todos corrieron hacia la cafetería. Una vez adentro, las niñas, completamente empapadas, se precipitaron a los baños para cepillarse el cabello y secarse. Una niña lloró porque su vestido de terciopelo se había arruinado. Yoli se compadeció de ella y la ayudó a secarlo con

toallas de papel, pero fue inútil. El vestido estaba arruinado.

Yoli se acercó al espejo. El maquillaje de su madre había desaparecido con la lluvia y Yoli lucía un poco gris, pero no se le veía tan mal como algunas de las otras niñas. Se cepilló el pelo húmedo con cuidado para no jalarlo demasiado. Estaba impaciente por regresar con Ernesto.

Yoli se inclinó para recoger un pasador, y una sensación de vergüenza le cubrió la cara. Un charco negro crecía a sus pies. Gotas y más gotas negras. Gotas y más gotas negras. El tinte estaba cayendo de su vestido como lágrimas negras. Yoli se enderezó. Su vestido tenía ya un color cenizo. Miró a su alrededor. Las otras niñas, sin percatarse del problema de Yoli, estaban ocupadas arreglándose. ¿Qué debía hacer? Todos se reirían. Sabrían que había teñido un vestido viejo porque no tenía dinero para comprarse uno nuevo. Salió rápidamente de los baños con la cabeza agachada, atravesó la cafetería y se lanzó por la puerta. Corrió bajo la tormenta llorando; la lluvia se mezcló con sus lágrimas y fluyó hacia las zanjas atascadas de hojas.

Cuando llegó a su casa, su madre estaba en el sofá comiendo galletas y viendo la televisión.

—¿Qué tal estuvo el baile, mi hija? Ven a ver este programa. Está muy bueno.

Yoli, con la cabeza agachada, avanzó enérgicamente hacia su recámara. Se desvistió y arrojó el vestido al piso.

Su madre entró a la recámara.

—¿Qué pasa? ¿A qué se debe todo este escándalo, hijita?

—El vestido. ¡Es una baratija! ¡No sirve para nada!

Yoli pateó el vestido hacia su madre y vio cómo caía en sus brazos. La señora Moreno lo revisó con cuidado, pero no entendió cuál era el problema.

—¿Qué tiene? Sólo está un poco mojado.

—Se destiñó. Eso es lo que pasó.

La señora Moreno miró sus manos y vio cómo el tinte grisáceo se metía en las líneas tenuemente marcadas de sus palmas. Pobre de mi hija, pensó, y la tristeza ensombreció su rostro. Quería decirle a su hija que lo sentía mucho, pero sabía que no serviría de nada. Caminó de regreso a la sala y se puso a llorar.

A la mañana siguiente, madre e hija se evitaron. Yoli se la pasó en su recámara hojeando una vieja revista de modas, mientras su madre regaba sus plantas con una botella de Pepsi.

—Beban, hijas mías —dijo lo suficientemente fuerte como para que la oyera Yoli. Dejó que el agua se absorbiera en las macetas de flores y cactos—. Lo único que necesitan es agua. Mi hija necesita ropa, pero no tengo dinero.

Yoli arrojó la revista en su cama. Estaba avergonzada por el berrinche de la noche anterior. No era culpa de su madre que fueran pobres.

Cuando se sentaron para comer, ambas se sentían incómodas. Pero la señora Moreno acababa de hacer un montón de tortillas y había preparado una olla de chile verde, y eso rompió el hielo. La señora Moreno se lamió el pulgar y se chupó los labios.

—Sabes, cariño, tenemos que encontrar la manera de hacer dinero —dijo la madre de Yoli—. Tú y yo. No tenemos que ser pobres. Acuérdate de los García. Inventaron esa herramientita absurda que arregla coches. Se mudaron porque son ricos. Por eso ya no los vemos.

—¿Qué podemos inventar? —preguntó Yoli. Agarró otra tortilla y la partió a la mitad.

—¿Quizá un desarmador que funcione de ambos lados? Algo así —la madre miró alrededor del cuarto en busca de alguna idea, pero luego se encogió de hombros—. Olvidémoslo. Es mejor hacerse de una educación. Si consigues un buen trabajo y dispones de tiempo libre entonces quizá puedas inventar algo —se pasó la lengua por los labios y carraspeó—. La feria local contrata gente. Podemos conseguir un trabajo allí. Llega la próxima semana.

A Yoli le disgustaba esa idea. ¿Qué diría Ernesto si la viera echando heno a las vacas? ¿Cómo iría a la escuela si olía a puro pollo?

—No, no nos contratarían —dijo.

El teléfono sonó. Yoli saltó de su silla para contestarlo, pues estaba segura de que era Jimena, que quería saber por qué se había ido. Pero era Ernesto, que quería saber la misma cosa. Cuando se cercioró de que ella no estaba enojada con él, le preguntó si quería ir al cine.

—Déjame preguntar —dijo Yoli, sonriendo. Tapó el teléfono con la mano y contó hasta diez. Destapó el auricular y dijo—: Mi mamá dice que está bien. ¿Qué vamos a ver?

Luego de que Yoli colgó, su madre se trepó con gruñidos a una silla para alcanzar el último estante del armario del pasillo. Se preguntó por qué no lo había hecho antes. Hurgó detrás de una pila de toallas y metió su mano regordeta en una caja de puros donde escondía su dinero.

—He estado ahorrando un poco cada mes —dijo la señora Moreno—. Para ti, mi hija.

Su madre exhibió cinco billetes de veinte dólares, un ramillete verde que ese sábado olía más dulce que las flores. Fueron a un centro comercial y compraron una blusa, unos zapatos y una falda que no sangrarían con la lluvia ni con cualquier otro clima. ❖

La bamba

❖ MANUEL era el cuarto de siete hijos y se parecía a muchos de los niños de su vecindario: pelo negro, tez morena y piernas flacas llenas de rasguños a causa de los juegos de verano. Pero el verano iba cediendo su lugar al otoño: los árboles se ponían rojos, los prados cafés y los granados se llenaban de frutas. Manuel caminó a la escuela una mañana helada y pateó las hojas mientras pensaba en el espectáculo del día siguiente. Aún no podía creer que se había ofrecido de voluntario. Iba a fingir que cantaba "La bamba" de Ritchie Valens, delante de toda la escuela.

¿Por qué levanté la mano?, se preguntó a sí mismo, pero en el fondo sabía la respuesta. Ansiaba lucirse. Quería aplausos tan sonoros como una tormenta y quería escuchar a sus amigos decir: "¡Hombre, estuvo padre!" Y quería impresionar a las muchachas, sobre todo a Petra López, la segunda niña más bonita de su clase. Su amigo Ernesto ya se había quedado con la más bonita. Manuel sabía que debía ser razonable, pues él mismo no era muy guapo, sino sólo normal.

Manuel pateó las hojas recién caídas. Cuando llegó a la escuela se dio cuenta de que había olvidado su libro de ejercicios de matemáticas. Si el maestro se enteraba, tendría que quedarse en la escuela durante la tarde y perderse los ensayos para el espectáculo. Pero, para su fortuna, esa mañana hicieron sólo un repaso.

Durante el recreo Manuel estuvo con Benjamín, que también iba a participar en el espectáculo. A pesar de que tenía el labio hinchado luego de un partido de futbol, Benjamín iba a tocar la trompeta.

—¿Qué tal me veo? —preguntó Manuel.

Carraspeó y empezó a hacer su mímica de labios. No se oía ni una palabra; sólo un silbido que sonaba igual al de una serpiente. Manuel trató de ser emotivo; agitó los brazos en las notas altas y abrió los ojos y la boca lo más que pudo cuando llegó a *Para bailar la baaaaamba.*

Después de que Manuel terminó, Benjamín le dijo que no estaba mal, pero le sugirió que bailara mientras cantaba. Manuel se quedó pensativo unos segundos y decidió que era una buena idea.

—Sí, imagina que eres como Michael Jackson o alguien así —sugirió Benjamín—. Pero no exageres.

Durante el ensayo, el señor Roybal, nervioso porque era su primer año como coordinador del espectáculo escolar, maldijo entre dientes cuando se atoró la palanca que controlaba la velocidad del tocadiscos.

—Caramba —gruñó, mientras trataba de forzar la palanca—. ¿Qué te pasa?

—¿Está rota? —preguntó Manuel mientras se agachaba para ver más de cerca. A él le pareció que estaba bien.

El señor Roybal le aseguró a Manuel que tendría un buen tocadiscos para el espectáculo, aun cuando esto significara que tuviera que traer el aparato estereofónico de su casa.

Manuel se sentó en una silla plegable y le dio vueltas al disco con su pulgar. Vio una pequeña obra de teatro sobre la higiene personal, un dúo de violín entre una madre y su hija, cinco niñas de primer año que saltaron la cuerda, un niño karateka que rompió tablas, tres niñas que cantaron "Como una virgen" y una pequeña obra de teatro sobre los Pioneros. De no haberse descompuesto el tocadiscos, le habría tocado presentarse después del niño karateka, al que fácilmente habría aventajado, se dijo a sí mismo.

Mientras le daba vueltas a su disco de 45 revoluciones, Manuel pensó en lo bien que iba a estar el espectáculo. Toda la escuela estaría asombrada. Su madre y su padre se sentirían orgullosos, y sus hermanos y hermanas estarían celosos y se enfurruñarían. Sería una noche inolvidable.

Benjamín pasó al escenario, se llevó la trompeta a su boca y esperó a que le dieran la señal. El señor Roybal levantó la mano como un director de orquesta y la dejó caer con un ademán dramático. Benjamín aspiró y sopló con tanta fuerza que a Manuel se le cayó el disco y rodó por el piso de la cafetería hasta golpear contra una pared. Manuel corrió tras él, lo levantó y lo limpió.

—Híjole, menos mal que no se rompió —dijo con un suspiro.

Esa noche Manuel tuvo que lavar los trastos y hacer mucha tarea, por lo cual sólo pudo practicar en la regadera. En la cama rezó para que no le saliera todo mal. Rezó para que no sucediera lo mismo que cuando estaba en primero. Para la Semana de la Ciencia conectó una pila de rejilla y un foco con alambre y le dijo a todo el mundo que había descubierto cómo funcionaba una linterna. Estaba tan contento consigo mismo que practicó durante horas presionando el alambre contra la pila y haciendo que el foco parpadeara con una luz opaca y medio anaranjada. Se lo enseñó a tantos niños de su vecindario que cuando llegó el momento de mostrarle a su clase cómo funcionaba una linterna, la pila ya estaba gastada. Presionó el alambre contra la pila, pero el foco no reaccionó. Presionó hasta que le dolió el pulgar, y algunos niños al fondo del salón comenzaron a reírse.

Pero Manuel se durmió confiado en que esta vez no se presentaría ningún problema.

A la mañana siguiente su padre y su madre lo miraron con júbilo. Estaban orgullosos de que fuera a participar en el espectáculo.

—Me encantaría que nos dijeras lo que vas a hacer —dijo su madre.

Su padre, un farmacéutico que usaba un batín azul con su nombre en un rectángulo de plástico, levantó la vista del periódico y manifestó su acuerdo.

—Sí, ¿qué vas a hacer en el espectáculo?

—Ya verán —dijo Manuel con la boca llena de cereal.

El día pasó con rapidez, y cuando Manuel se fijó ya había terminado sus quehaceres y cenado. De repente se encontró vestido con sus mejores ropas y parado tras los bastidores al lado de Benjamín.

Podía oír el tumulto de los alumnos y de los padres que iban llenando la cafetería. Las luces se desvanecieron y el señor Roybal, sudoroso en su traje apretado y su corbata amarrada en un nudo grande, se mojó los labios y entreabrió el telón del escenario.

—Buenas noches —lo oyeron decir los niños tras el telón.

—Buenas noches —le respondieron algunos de los niños más atrevidos.

—Esta noche les daremos lo mejor que puede ofrecer la primaria John Burroughs, y estoy seguro de que estarán complacidos y asombrados con el hecho de que en nuestra pequeña escuela haya tanto talento. Y ahora, sin más trámites, pasaremos al espectáculo —se volvió y con un movimiento de su mano ordenó—: Levanten el telón.

El telón se abrió con algunos tirones. Una niña disfrazada de cepillo de dientes y un niño disfrazado de diente sucio y gris entraron al escenario y cantaron:

Cepilla, cepilla, cepilla
Frota, frota, frota
Con gárgaras elimina a los gérmenes
Jey, jey, jey.

Cuando terminaron de cantar se volvieron hacia el señor Roybal, y él bajó la mano. El cepillo de dientes corrió por el escenario tras el diente sucio, que se reía y se divertía mucho hasta que se resbaló y estuvo a punto de rodar fuera del escenario.

El señor Roybal corrió y lo agarró justo a tiempo.

—¿Estás bien?

El diente sucio respondió:

—Pregúntele a mi dentista —lo cual provocó risas y aplausos entre el público.

Le tocó después al dúo de violines, que sonó bien, salvo por una ocasión en que la niña se perdió. La gente aplaudió, y algunas personas incluso se pararon. Luego las niñas de primer año entraron al escenario saltando la cuerda. No dejaron de sonreír ni sus colas de caballo de rebotar mientras numerosas cámaras relampagueaban simultáneamente. Algunas madres gritaron y algunos padres se enderezaron en sus sillas orgullosamente.

El siguiente fue el niño karateka. Dio unas cuantas patadas, gritos y golpes y, finalmente, cuando su padre sostuvo una tabla, la golpeó y la partió en dos. Los miembros del público aplaudieron y se miraron entre sí, los ojos muy abiertos y llenos de respeto. El niño hizo una reverencia ante el público, y junto con su padre salieron corriendo del escenario.

Manuel permaneció entre los bastidores temblando de miedo. Movió los labios como si cantara *La bamba* y se meció de izquierda a derecha. ¿Por qué levantó la mano y se ofreció de voluntario? ¿Por qué no se quedó sentado como el resto de los niños y guardó silencio? Mientras el niño karateka estaba en el escenario, el señor Roybal, más sudoroso que antes, tomó el disco de Manuel y lo colocó en el tocadiscos nuevo.

—¿Estás listo? —preguntó el señor Roybal.

—Sí...

El señor Roybal pasó al escenario y anunció que Manuel Gómez, alumno del quinto año y miembro de la clase de la señora Knight, iba a hacer una imitación de "La bamba", esa canción ya clásica de Ritchie Valens.

Manuel entró al escenario y la canción empezó inmediatamente. Con los ojos vidriosos debido a la sorpresa de estar frente a tanta gente, Manuel movió los labios y se meció al ritmo de un baile inventado. No podía ver a sus padres, pero vio a su hermano Mario, un año menor que él, enfrascado en una lucha de pulgares con un amigo. Mario traía puesta la camisa preferida de Manuel; se encargaría de él más tarde. Vio a otros muchachos levantarse y dirigirse hacia la fuente de agua, y a un bebé en medio de un pasillo chuparse el dedo y mirarlo con intensidad.

¿Qué estoy haciendo aquí?, pensó Manuel. Esto no tiene nada de divertido. Todo el mundo estaba sentado ahí sin hacer nada. Algunas personas se movían siguiendo el ritmo, pero la mayor parte sólo lo miraba, como a un chango en el zoológico.

Pero cuando Manuel se lanzó en un baile extravagante, hubo un estallido de aplausos y algunas muchachas gritaron. Manuel intentó otro paso. Oyó más aplausos y gritos y empezó a sentirse más animado mientras temblaba y culebreaba como Michael Jackson en el escenario. Pero el disco se atoró, y tuvo que cantar

Para bailar la bamba
Para bailar la bamba
Para bailar la bamba
Para bailar la bamba ♫ ♪

una y otra vez.

Manuel no podía creer que tuviera tan mala suerte. El público empezó a reírse y a ponerse de pie. Manuel recordó que el disco de 45 revoluciones había caído de su mano y rodado a través del piso de la cafetería. Seguramente se había rayado, pensó, y ahora estaba atorado, como él, que no hacía más que bailar y simular con sus labios las mismas palabras una y otra vez. Nunca se había sentido tan avergonzado. Tendría que pedirles a sus padres que trasladaran la familia a otra ciudad.

Luego de que el señor Roybal quitó la aguja del disco con violencia, Manuel fue disminuyendo sus pasos hasta detenerse del todo. No se le ocurrió otra cosa más que hacer una reverencia frente al público, que le aplaudió alocadamente, y salir corriendo del escenario al borde de las lágrimas. Esto había sido peor que la linterna de fabricación casera. Al menos en esa ocasión no había habido carcajadas, sino sólo algunas risitas disimuladas.

Manuel permaneció solo tratando de contener sus lágrimas mientras Benjamín, a mitad del escenario, tocaba su trompeta. Manuel sintió celos porque sonaba muy bien, luego coraje al recordar que el sonido fuerte de la trompeta había hecho que el pequeño disco cayera de sus manos. Pero cuando los participantes se alinearon en el escenario al final del espectáculo, Manuel recibió un estallido de aplausos tan fuerte que temblaron las paredes de la cafetería. Más tarde, mientras platicaba con algunos niños y padres, todo el mundo le dio una palmada en el hombro y le dijo:

—Muy bien. Estuviste muy chistoso.

¿Chistoso?, pensó Manuel. ¿Había hecho algo chistoso?

Chistoso. Loco. Hilarante. Esas fueron las palabras que le dijeron. Estaba confundido, pero ya no le importaba. Lo único que sabía es que la gente le estaba haciendo caso, y que sus hermanos y hermanas lo miraban con una mezcla de envidia y sorpresa. Estuvo a punto de jalar a Mario hacia un lado y darle un golpe en el brazo por haber usado su camisa, pero se calmó. Estaba disfrutando ser el centro de atención. Una maestra le trajo galletas y jugo, y los niños más populares, que nunca le habían echado un lazo, ahora se agrupaban alrededor de él. Ricardo, el director del periódico escolar, le preguntó cómo había logrado que la aguja se atorara.

—Simplemente pasó —dijo Manuel mientras masticaba una galleta con forma de estrella.

En casa esa noche su padre, impaciente por desabotonarse la camisa y acomodarse en su sillón, le preguntó a Manuel lo mismo: ¿Cómo había logrado que la canción se atorara en las palabras *Para bailar la bamba?*

Manuel pensó con rapidez y echó mano de la jerga científica que había leído en revistas.

—Fácil, papá. Utilicé un sondeo láser con alta frecuencia óptica y decibeles de baja eficiencia para cada canal.

Su padre, confundido aunque orgulloso, le dijo que se callara y se fuera a dormir.

—Ah, qué niños tan listos —dijo mientras caminaba hacia la cocina por un vaso de leche—. No entiendo cómo ustedes, los niños de hoy en día, se han hecho tan listos.

Manuel, que se sentía feliz, fue a su recámara, se desvistió y se puso la piyama. Se miró al espejo y empezó a hacer la mímica de *La bamba,* pero se detuvo porque estaba cansado de la canción. Se metió a la cama. Las sábanas estaban tan frías como la luna encima del durazno en el patio trasero.

Estaba contento porque el día había terminado. El año siguiente, cuando pidieran voluntarios para el espectáculo, no levantaría la mano. Probablemente. ❖

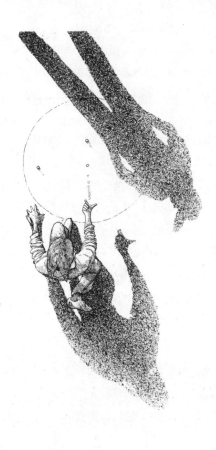

La campeona de canicas

❖ LUPE MEDRANO, una niña tímida que hablaba en susurros, era la campeona de ortografía de la escuela, la vencedora en tres veranos consecutivos del concurso de lectura de la biblioteca pública, la ganadora del primer lugar en la feria de la ciencia, la mejor alumna en el concierto de piano y la campeona de ajedrez de la escuela. Se sacaba puros dieces y —sin contar el jardín de niños, cuando la había picado una avispa— nunca faltaba a la primaria. Por esta razón había recibido un pequeño trofeo y la había felicitado el alcalde.

Pero aunque Lupe tenía una inteligencia muy despierta, por más que trataba no conseguía que su cuerpo corriera tan rápido como el de las otras niñas. Le rogaba a su cuerpo que se moviera más rápido, pero nunca podía ganarle a nadie en la carrera de 50 metros.

La verdad era que Lupe no era buena para los deportes. No podía atrapar un globo ni calcular en qué dirección debía patear la pelota de futbol. En una ocasión pateó la pelota dentro de su propia portería y anotó un tanto para el otro equipo. Tampoco era buena para el beisbol ni para el baloncesto, y hasta le costaba trabajo mantener el aro de plástico en sus caderas.

Apenas el año anterior, a sus once años, había aprendido a andar en bicicleta. Y aun así tuvo que ponerle llantitas. Podía caminar en la alberca pero no podía nadar, y sólo se atrevía a andar en patines cuando su padre la agarraba de la mano.

—Nunca seré buena para los deportes —dijo con coraje un día lluvioso en que estaba recostada en su cama mirando el anaquel que había hecho su padre para colocar sus premios—. Cómo me gustaría ganar en algo, cualquier cosa, hasta en canicas.

Al pronunciar la palabra "canicas" se irguió.

—Eso es. Quizá sería buena para jugar a las canicas.

Saltó de la cama y hurgó en el armario hasta encontrar una lata llena con las canicas de su hermano. Vació el espléndido tesoro de vidrio en su cama y escogió las cinco canicas más bellas.

Alisó su colcha y practicó el lanzamiento, con suavidad al principio para que su tiro fuera preciso. La canica salió rodando de su pulgar y golpeó contra la canica colocada como blanco. Pero ésta no se movió. Trató una y otra vez. Su tiro había adquirido precisión, pero la fuerza de su pulgar no lograba que la canica se moviera más que unos cuantos milímetros. Luego se dio cuenta de que la colcha detenía el movimiento de las canicas. También tuvo que admitir que su pulgar estaba más débil que el cuello de un pollo recién nacido.

Miró por la ventana. La lluvia estaba amainando, pero el suelo estaba demasiado lodoso para jugar. Permaneció sentada en la cama con las piernas cruzadas mientras hacía girar las canicas entre sus palmas. Sí, pensó, podría jugar a las canicas, y las canicas son un deporte. En ese momento se dio cuenta de que sólo tenía dos semanas para practicar. El campeonato escolar, el mismo en el que había participado su hermano el año anterior, ya iba a empezar. Tenía mucho que hacer.

Para fortalecer sus muñecas decidió hacer veinte lagartijas sobre la punta de los dedos, en series de cinco.

—Uno, dos, tres... —gimió. Para el final de la primera serie estaba ya respirando con dificultad, y sus músculos le ardían de puro cansancio. Hizo una serie más y decidió que eran suficientes lagartijas para el primer día.

Apretó una goma de borrar cien veces con la esperanza de que eso fortaleciera su pulgar. Pareció funcionar, pues al día siguiente su pulgar estaba adolorido. Apenas podía sostener una canica con la mano y menos aún lanzarla con fuerza. Así que Lupe descansó ese día y escuchó los consejos de su hermano sobre cómo lanzar: inclinarse, lanzar con un ojo puesto en la mira y con un nudillo colocado en el suelo.

—Piensa: "ojo y pulgar", y dale con todo —dijo.

Al regresar de la escuela al día siguiente dejó su tarea en la mochila y practicó durante tres horas seguidas, con sólo una pausa para comerse un dulce a fin de procurarse energía. Con el palo de una paleta dibujó un círculo con forma curiosa y dentro de él aventó cuatro canicas. Utilizó su canica de disparo —una ágata lechosa con ondulaciones hipnotizadoras— para golpearlas. Su pulgar *sí* estaba más fuerte.

Luego de la práctica, apretó el borrador durante una hora.

Comió su cena con la mano izquierda a fin de que descansara su mano de disparo y no les dijo nada a sus padres acerca de sus sueños de gloria deportiva.

Practicar, practicar, practicar. Apretar, apretar, apretar. Lupe fue mejorando y les ganó a su hermano y a Alfonso, un niño del vecindario que supuestamente era un campeón.

—Caray, es muy buena —dijo Alfonso—. Seguro les puede ganar a las otras niñas. Creo.

Las semanas pasaron con rapidez. Lupe entrenaba con tanto ahínco que un día, mientras secaba los platos, su madre le preguntó por qué su pulgar estaba hinchado.

—Es músculo —explicó Lupe—. He estado practicando para el campeonato de canicas.

—¿Tú, querida?

Su madre sabía que Lupe no era buena para los deportes.

—Sí. Le gané a Alfonso, y él es muy bueno.

Esa noche durante la cena la señora Medrano dijo:

—Querido, deberías ver el pulgar de Lupe.

—¿Eh? —dijo el señor Medrano al tiempo que se limpiaba la boca y miraba a su hija.

—Enséñale a tu padre.

—¿Tengo que hacerlo? —preguntó Lupe avergonzada.

—Ándale, enséñale a tu padre.

Lupe levantó su mano a regañadientes y dobló su pulgar. Podía verse el músculo.

Su padre bajó el tenedor y preguntó:

—¿Qué te pasó?

—Papá, he estado entrenando. He estado apretando un borrador.

—¿Para qué?

—Voy a participar en el campeonato de canicas.

Su padre miró a su esposa y luego de nuevo a su hija.

—¿Cuándo es, hijita?

—Este sábado. ¿Puedes venir?

El padre había planeado jugar squash con un amigo el sábado, pero dijo que iría. Sabía que su hija pensaba que no servía para los

deportes y quería animarla. Hasta colocó unos focos en el patio trasero para que su hija pudiera practicar en la noche. Se agachó con una rodilla en el suelo, fascinado al ver cómo su hija le ganaba con facilidad a su hermano.

El día del campeonato empezó con un cielo frío y ráfagas de viento. El Sol era una luz plateada detrás de las nubes color pizarra.

—Espero que se despeje —dijo su padre mientras se sobaba las manos luego de salir por el periódico. Desayunaron, se pasearon nerviosamente por la casa en espera de que dieran las diez y luego caminaron las dos cuadras que los separaban del campo de juegos (aunque el señor Medrano había querido ir en coche para que Lupe no se cansara). Lupe se registró y se le asignó el diamante de beisbol número tres para su primer partido.

Lupe, que caminaba entre su hermano y su padre, estaba temblando de frío, no de nervios. Se quitó los guantes y todo el mundo miró fijamente su pulgar. Alguien preguntó: "¿Cómo puedes jugar con el pulgar roto?", Lupe sonrió y no dijo nada.

Venció fácilmente a su primer contrincante, y sintió lástima por la niña porque no había nadie para alentarla. Salvo por su bolsa de canicas, estaba completamente sola. Lupe invitó a la niña, cuyo nombre era Raquel, a que se quedara con ellos. Sonrió y respondió que sí. Los cuatro caminaron a una mesa plegable que estaba en medio del jardín, donde se le asignó otra contrincante a Lupe.

También le ganó a esta niña, una alumna del quinto año llamada Yolanda, y la invitó a que se uniera al grupo. Hubo más partidos y más triunfos, y pronto se formó una bola de gente que siguió a Lupe al último partido contra una niña que traía puesta una gorra de beisbol. Se veía de armas tomar. Ni siquiera miró a Lupe.

—No sé, papá, va a estar difícil.

Raquel abrazó a Lupe y dijo:

—Anda, gánale.

—Tú puedes —la animó su padre—. Sólo piensa en las canicas, no en la niña, y deja que tu pulgar se encargue de todo.

La otra niña fue la primera en tirar y se ganó una canica. Le falló el próximo tiro, y Lupe, con un ojo cerrado y el pulgar vibrando de energía, lanzó dos canicas fuera del círculo pero falló en su siguiente tiro. Su contrincante ganó dos canicas más antes de fallar. Azotó su pie contra el suelo y dijo: "¡Caramba!" Iban tres a dos, y la señorita Gorra de beisbol llevaba la delantera.

El árbitro detuvo el juego.

—Háganse para atrás, por favor, denles espacio —gritó.

Los espectadores se habían acercado demasiado a las jugadoras.

Lupe ganó tres canicas, y cuando se disponía a ganar una cuarta, una ráfaga de viento le llenó los ojos de polvo, y falló horriblemente. Su contrincante rápidamente ganó dos canicas, con lo cual empató el juego, y se colocó en la delantera con seis a cinco gracias a un tiro de pura buena suerte. Luego falló, y Lupe, cuyos ojos sentía rasposos cuando parpadeaba, confió en el instinto y en el músculo del pulgar para anotar la jugada de empate. Iban seis a seis, y sólo quedaban tres canicas. Lupe se sonó la nariz y examinó los ángulos. Se hincó en una rodilla, mantuvo firme su mano, y tiró con tanta fuerza que dos canicas salieron volando del círculo. ¡Era la ganadora!

—¡Lo logré! —dijo Lupe en voz baja. Se puso de pie, le dolían las rodillas por haber estado doblada todo el día y abrazó a su padre. Él también la abrazó y sonrió.

Todo el mundo aplaudió, salvo la señorita Gorra de beisbol, que hizo una mueca y miró fijamente hacia el suelo. Lupe le dijo que era una gran jugadora, y se dieron la mano. Un fotógrafo del periódico tomó a las dos niñas paradas hombro a hombro, mientras Lupe sostenía el trofeo más grande.

Luego Lupe jugó contra el ganador del equipo de los niños, y después de un principio poco satisfactorio le ganó once a cuatro. Disparó contra las canicas y una estalló en astillas relucientes de vidrio. Su contrincante miró con displicencia mientras Lupe hacía lo que mejor sabía hacer: ¡ganar!

El árbitro principal y el presidente de la Asociación de Jugadores de Canicas de Fresno se reunieron con Lupe mientras ella mostraba sus trofeos para el fotógrafo del periódico. Lupe le dio la mano a todo el mundo, incluyendo a un perro que se había acercado para averiguar la causa de tanta conmoción.

Esa noche la familia salió a cenar pizza y colocó los dos trofeos en la mesa para que toda la gente del restaurante los viera. Algunas personas se acercaron a felicitar a Lupe, y ella se sintió un poco avergonzada, pero su padre dijo que los trofeos merecían estar allí.

Ya de vuelta en casa, en la intimidad de su recámara, colocó sus trofeos en el estante y se sintió feliz. Siempre había cosechado honores gracias a su inteligencia, pero el triunfo en los deportes era una experiencia nueva. Le dio gracias a su pulgar cansado: "Tú lo hiciste, pulgar. Me hiciste campeona." En recompensa Lupe fue al baño, llenó el lavabo con agua caliente y dejó que su pulgar nadara y chapoteara a su antojo. Luego se metió en la cama y cayó en un sueño ganado a costa de mucho esfuerzo. ❖

Crecer

❖ Ahora que María estaba en primero de preparatoria, creía que ya era demasiado grande para tener que ir de vacaciones con la familia. El año anterior habían recorrido 500 kilómetros en coche para ver a un tío al oeste de Covina. No había habido nada que hacer. Los días eran calurosos, con un cielo amarillo, lleno de una contaminación que podían sentir en la punta de los dedos. Jugaban cartas y veían concursos en la televisión. Luego de los primeros cuatro días en que no hicieron nada mientras los adultos se la pasaron sentados hablando, los niños finalmente pudieron ir a Disneylandia.

Disneylandia se veía enorme con castillos y banderas resplandecientes. El *Matterhorn* tenía caídas y curvas salvajes que quitaban el aliento si uno cerraba los ojos y gritaba. Los piratas del Caribe no asustaban a nadie aunque de todas formas eran divertidos, como también las "Tazas locas" y "El mundo pequeño". Los padres consintieron a los niños, pues les dieron cinco dólares a cada uno para que los gastaran en baratijas. La hermana menor de María, Irma, compró un libro de dibujos con Pinocho y una pulsera de dulce. Sus hermanos, Rudi y Juan, gastaron el dinero en unos dulces que les ponían los dientes azules.

María ahorró su dinero. Sabía que todo estaba más caro de lo normal, como los globos del Ratón Miguelito que uno podía comprar por un precio mucho menor en Fresno. Claro, el globo del supermercado de su barrio no llevaba la cara del Ratón Miguelito, pero rebotaba y flotaba y a la larga explotaba como cualquier otro globo.

María dobló su cinco dólares, los guardó en su bolso rojo y se subió a los juegos hasta que no pudo más y empezó a sentirse enferma. Luego se sentó en una banca y miró a las otras adolescentes que parecían estar mejor vestidas que ella. Se sintío agobiada por la pobreza. Todas esas muchachas gritonas con ropa bonita, pensó, seguramente venían de casas con albercas en el patio trasero. Sí, su padre era mayoral en una fábrica de papel y, sí, tenía una pequeña alberca en su patio trasero, pero *de todas formas* no era lo mismo. Se sentía pobre, y su vestido de verano, que había parecido elegante en Fresno, estaba fuera de moda en Disneylandia, donde casi todas las muchachas llevaban camisas *Esprit* y pantalones de mezclilla *Guess*.

Este año la familia de María planeaba visitar a un tío en San José. Su padre había prometido llevarlos a *América grandiosa*, pero ella sabía que los adultos se la pasarían sentados, platicando durante días antes de que recordaran a los niños y finalmente se pusieran de pie para hacer algo. Tendrían que esperar hasta el último día para ir a *América grandiosa*. Y eso no ameritaba el aburrimiento.

—Papá, no voy a ir este año —le dijo María a su padre. Estaba sentado a la mesa con el periódico frente a él.

—¿Qué quieres decir? —preguntó mientras iba levantando la vista lentamente. Se quedó pensativo unos instantes y dijo—: Cuando era niño no teníamos dinero para salir de vacaciones. A mí me habría gustado ir con mi papá.

—Lo sé, lo sé. Has dicho eso miles de veces —respondió bruscamente María.

—¿Qué dijiste? —preguntó, empujando a un lado el periódico.

Se hizo un silencio. María podía oír el zumbido del refrigerador y a sus hermanos que se peleaban en el patio por una paleta y a su madre que regaba la franja de pasto que atravesaba el terreno.

Los ojos de su padre se clavaron en ella con una mirada sombría. María había visto esa mirada antes. Suplicó con una voz suave y filial:

—Nunca hacemos nada. Es aburrido. ¿No entiendes?

—No, no entiendo. Trabajo todo el año, y si me quiero ir de vacaciones me voy. Y mi familia va también.

Dio un sorbo a su agua con hielo y lanzó una mirada feroz.

—La tienes muy fácil —continuó—. En Chihuahua, mi pueblo, trabajábamos duro. ¡Hasta los chavales como ustedes trabajaban! Y uno era respetuoso con sus padres, cosa que tú no has aprendido.

Ya va a empezar, pensó María, con las historias de su niñez en México. Tenía ganas de llenarse los oídos con bolas de periódico para no escuchar a su padre. Podía repetir sus historias palabra por palabra. Ya ansiaba el momento en que estaría en la universidad y lejos de ellos.

—¿Sabías que mi padre trabajaba en las minas? ¿Que casi pierde la vida? Y ahora sus pulmones están mal.

Se golpeó el pecho con sus nudillos fuertes y agrietados.

María se echó el pelo para atrás y miró por la ventana a sus hermanos que corrían en el patio. Ya no aguantaba más. Se levantó y se fue alejando, y cuando él le gritó que regresara, lo ignoró. Se encerró en su recámara y trató de leer una revista de modas, aunque podía oír cómo se quejaba su padre con su esposa, que al escuchar los gritos había entrado en la casa.

—Habla con tu mocosa —oyó que le decía a su madre.

Escuchó abrirse la puerta del refrigerador. Seguramente estaba sacando una cerveza, una "fría", como solía decir. Hojeó la revista y se detuvo en un anuncio de *Levis* con una muchacha como de su edad que caminaba por la playa entre dos muchachos con semblante alegre. Hubiera deseado ser esa muchacha, haber tenido otra vida. Le dio vuelta a la página y pensó: apuesto a que se va a emborrachar y a que va a manejar como un loco mañana.

La madre de María guardaba una jarra de *Kool-Aid* que los niños habían dejado fuera. Miró a su marido, que estaba jugueteando con una servilleta enroscada. Sus ojos parecían sombríos, y sus pensamientos estaban en México, donde a un padre se le respetaba y donde su palabra, correcta o incorrecta, era definitiva.

—Rafael, está creciendo; es una adolescente. Habla así, pero de todas formas te quiere.

—Claro, y así muestra su amor, con insolencias a su padre.

Se frotó la nuca y giró la cabeza para tratar de eliminar la rigidez. Sabía que era cierto, pero él era el hombre de la casa y ninguna hija suya le iba a decir lo que tenía que hacer.

Más bien fue su esposa, Eva, quien le dijo lo que debía hacer.

—Deja que se quede. Ya está grande. Ya no quiere subirse a los juegos. Puede quedarse con su *nina.*

El padre bebió su cerveza y discutió, pero finalmente aceptó que su hija se quedara.

Al día siguiente, la familia se levantó un poco después de las seis y a las siete y media ya estaba lista para salir. María se quedó en su cuarto. Quería pedirle perdón a su padre, pero no podía hacerlo. Sabía que si decía: "Papá, lo siento", se soltaría llorando. Su padre quería entrar a su recámara y decir: "Haremos algo muy especial en estas vacaciones. Ven con nosotros, cariño." Pero le costaba trabajo mostrar sus emociones frente a sus hijos, sobre todo cuando se trataba de reconciliarse con ellos.

La madre besó a María.

—María, quiero que limpies la casa y luego te vayas a casa de tu *nina.* No quiero ninguna travesura en nuestra ausencia, ¿me oyes?

—Sí, mamá.

—Aquí está la llave. Cada dos días riegas las plantas de adentro y pones el rehilete para regar —le dio la llave a María y la abrazó—. Pórtate bien. Ahora ven a despedirte de tu padre.

A regañadientes salió al patio en bata y con la mirada fija en el suelo le dijo adiós a su padre. El padre bajó la vista y se despidió de la manguera que estaba a sus pies.

Después de que se fueron, María se quedó en piyama tirada escuchando el radio y hojeando revistas. Luego se levantó, se preparó un plato de *corn flakes* y vio un programa de televisión. Su sueño era bailar en ese programa, mirar hacia la cámara, sonreír y dejar que todo el mundo en Fresno viera que ella también podía divertirse.

Pero la empezó a invadir una sensación de incomodidad. Se sentía muy mal por haberse peleado con su padre. Sentía tristeza por su madre y sus dos hermanos, que tendrían que pasarse las próximas tres horas en el coche con él. Quizá cometería alguna locura, como estrellar el coche a propósito para vengarse de ella o quedarse dormido y caer en un canal de riego. Y sería culpa de María.

Cambió el radio a una estación de noticias. Escuchó durante un rato, pero la mayor parte de las noticias era sobre los buques de guerra en el golfo Pérsico y un tornado en Texas. No se habló de su familia.

María empezó a tranquilizarse, pues en el fondo su padre, a pesar de tanta aspereza, era muy buena persona. Se vistió lentamente, paseó la escoba por la cocina y dejó que el agua de la manguera corriera en el arriate mientras se pintaba las uñas de los pies con el barniz de su madre. Después, le habló a su amiga Rebeca para decirle que sus padres le habían permitido quedarse en casa y que estaba libre: por lo menos durante cinco días.

—Maravilloso —dijo Rebeca—. Cómo me gustaría que mi mamá y mi papá se fueran y me dejaran sola.

—No, tengo que quedarme con mi madrina —se dijo a sí misma que no debía olvidar telefonearle a su *nina*—. Rebeca, vamos al centro comercial a ver muchachos.

—Está bien.

—No tardo en llegar.

María le habló a su *nina*, a quien le pareció bien que se fuera de compras, pero que estuviera en la casa para cenar a las seis. Después de colgar, María se quitó sus pantalones de mezclilla y su camiseta y se puso un vestido. Buscó en el armario de su madre, tomó prestados unos zapatos y se empapó las muñecas de perfume. Se pintó los labios de rosa coral y se puso un poco de sombra azul en los ojos. Se sentía bella, aunque un poco nerviosa. Se quitó un poco del lápiz labial y se mojó las muñecas con agua para diluir la fragancia.

Iba caminando radiante de felicidad las cuatro cuadras que la separaban de casa de Rebeca cuando pasó junto a un hombre arrodillado que estaba desbrozando su arriate. A su lado, el radio informaba sobre un accidente automovilístico. Un camión grande se había volteado luego de chocar contra un coche cerca de Salinas, a cincuenta kilómetros de San José.

La recorrió una ola de miedo. Quizá eran *ellos*. Su sonrisa desapareció y sus hombros se encogieron. No, no podía ser, pensó. Salinas no está tan cerca de San José. Pero quizá su padre había querido atravesar Salinas porque era un valle bonito con grandes llanuras y robles y caballos y vacas que lo miraban a uno cuando pasaba velozmente en el coche. Quizá sí había ocurrido; quizá habían tenido un accidente horrible.

Cuando llegó a casa de Rebeca estaba carcomida de culpa, pues sería ella quien habría molestado a su padre y lo habría hecho que se accidentara.

—Hola —le dijo a Rebeca tratando de mostrarse alegre.

—Se te ve maravillosa, María —dijo Rebeca—. Mamá, ven a ver a María. Entra en la casa un momento.

María se sonrojó cuando la madre de Rebeca le dijo que le parecía hermosa. No se le ocurrió más que mirar fijamente hacia el tapete y decir:

—Gracias, señora Ledesma.

La madre de Rebeca las llevó al centro comercial, pero tendrían que regresar en autobús. Las muchachas fueron primero a *Macy´s*, donde buscaron un suéter, algo llamativo aunque no demasiado. Luego fueron a tomarse una coca y sentarse junto a la fuente bajo un árbol artificial. Miraron a la gente pasar, sobre todo a los muchachos que, concluyeron ambas, eran tontos pero guapos de todas maneras.

Fueron a otra tienda, donde se probaron unas faldas, y luego se aventuraron en una tienda muy cara, donde se pasearon por los pasillos y disfrutaron el olor suntuoso de los artículos cien por ciento de lana y de seda. Estaban a punto de salir cuando María volvió a oír desde el radio portátil de alguien que una familia había muerto en un accidente automovilístico cerca de Salinas. María dejó de sonreír unos segundos mientras imaginaba volteada la camioneta Malibú de su familia.

Rebeca advirtió que había un problema y preguntó:

—¿Por qué estás tan callada?

María fingió una sonrisa.

—Ah, no es nada, sólo estaba pensando.

—¿En qué?

María pensó rápidamente.

—Este... creo que dejé la llave de agua abierta en mi casa.

Podría ser cierto. María recordaba haber sacado la manguera del arriate, pero no podía recordar si había cerrado la llave.

Más tarde se subieron al autobús sin nada más que una bolsa de dulces para justificar sus tres horas de compras. Pero había sido un buen día. Dos muchachos las habían seguido, con bromas y coqueteos, y ellas les habían hecho caso. Las muchachas les dieron números de teléfono inventados y luego se alejaron y se rieron mientras se cubrían la cara con sus manos.

—Son bobos —dijo Rebeca—, pero guapos.

María se separó de Rebeca cuando se bajaron del autobús y emprendió el camino a casa de su *nina*. Luego recordó que quizá la

manguera había quedado abierta. Corrió a su casa con pasos torpes debido a los zapatos de su madre.

La manguera estaba cuidadosamente enrollada y recargada en la reja. María decidió revisar el correo y entró en la casa. Al abrir la puerta, la sala la recibió con un silencio que nunca antes había escuchado. Normalmente la televisión estaba encendida, sus hermanos y hermana más pequeños estaban jugando y podía oírse a su madre en la cocina. Cuando sonó el teléfono, María brincó. Se quitó los zapatos, corrió al teléfono y cuando levantó el auricular sólo pudo escuchar un chasquido lejano.

—¿Bueno, bueno?

El corazón de María latió violentamente. Su mente enloquecida barajó todas las posibilidades. Un accidente, pensó, tuvieron un accidente y todo por mi culpa.

—¿Quién es? ¿Papá? ¿Mamá?

Colgó y miró alrededor del cuarto. El reloj encima de la televisión marcaba luminosamente las 5:15. Recogió el correo, se puso sus pantalones de mezclilla y salió a casa de su *nina* con una bolsa de supermercado que contenía su camisón y un cepillo de dientes.

Su *nina* se puso contenta al verla. Tomó la cabeza de María entre sus manos y le dio un sonoro beso.

—Ya casi está la cena —dijo mientras la jalaba con suavidad hacia dentro.

—Ay, qué bueno. Rebeca y yo no comimos más que palomitas.

Pasaron una tarde tranquila juntas. Después de cenar, se sentaron en el pórtico a mirar las estrellas. María quería preguntarle a su *nina* si sabía algo de sus padres. Quería saber si la policía había hablado para informarle que habían tenido un accidente. Pero no se movió de su asiento en el pórtico y dejó que la angustia le siguiera abriendo un hoyo en el alma.

La familia estuvo fuera durante cuatro días. María rezó por ellos, rezó porque no la despertara una llamada telefónica para decirle que habían encontrado el coche en una zanja. Hizo una lista de las cosas que podría realizar para tratarlos mejor: lavar los trastos sin que se lo pidieran, regar el jardín, abrazar a su padre cuando regresara del trabajo y jugar con su hermano más pequeño, aun cuando la matara de aburrimiento.

Por las noches, agobiada por la preocupación, María escuchaba el radio para saber si había noticias de un accidente. Pensó en su tío Peque y en cómo se había quedado dormido y estrellado su coche en el pequeño pueblo de Mendota. Vivía en una silla de ruedas motorizada y el lado izquierdo de su cara estaba marcado por las cicatrices de sus quemaduras.

—Ay, por favor, no dejes que nada así les pase —rezó.

En las mañanas apenas podía ver el periódico. Temía que si lo desdoblaba, el artículo principal de la primera plana trataría de una familia de Fresno que había salido volando de la montaña rusa en el parque *América grandiosa*. O de cómo un tiburón la había atacado mientras se mecía alegremente entre las olas bordadas de blanco. Algo horrible va a pasar, se dijo a sí misma mientras servía cereal en un plato.

Pero no pasó nada. Su familia regresó a casa, bronceada por la playa y llena de historias maravillosas sobre el malecón de Santa Cruz y el *América grandiosa* y un museo egipcio. Habían hecho más cosas ese año que en todas sus vacaciones anteriores.

—Ah, nos divertimos —dijo su madre al tiempo que sacudía la arena de sus zapatos antes de entrar en la casa.

Su padre le dio un abrazo fuerte mientras sus hermanos pasaron a su lado corriendo, morenos por las horas de natación.

María miró el piso con disgusto. ¿Cómo se atrevieron a divertirse tanto? Mientras ella se agobiaba de preocupación, ellos habían chapoteado entre las olas, se habían quedado en el *América grandiosa* hasta el anochecer y habían comido en todo tipo de restaurantes. Hasta fueron a comprar la ropa escolar de otoño.

Sintió resentimiento cuando Juanito describió un juego cuyo descenso era tan pronunciado que uno sentía que se le salía el estómago por la boca, y se alejó en dirección a su cuarto, donde se quitó los zapatos de una patada y hojeó una vieja revista de modas. Su familia estaba viva y más insoportable que nunca. Retiró todas sus promesas. De ahora en adelante se mantendría distante y los ignoraría. Cuando preguntaran: "María, ¿puedes ayudarme?", fingiría no oír y se alejaría.

—Son unos desalmados —murmuró—. Yo aquí preocupándome por ellos, y ellos allá divirtiéndose.

Pensó en los juegos en los que se habían subido, en las horas de surfeo, en los muchachos guapos que no había podido ver, en los restaurantes y en el museo. Se le llenaron los ojos de lágrimas. Por primera vez en años abrazó una muñeca, la que su abuela Lupe le había hecho con trapos y ropa vieja.

—Algo me pasa —se lamentó suavemente.

Encendió el radio y oyó que un avión de un solo motor se había estrellado en Cupertino, ciudad que no estaba muy lejos de San José. Pensó en el avión y en sus ocupantes; cómo sufriría la familia del piloto.

Abrazó su muñeca. Algo le sucedía, y quizá era que estaba creciendo. Cuando terminaron las noticias y empezó una canción, se levantó y se lavó la cara sin mirarse en el espejo.

Esa noche la familia salió a cenar comida china. Aunque sus hermanos estuvieron jugueteando, hicieron chistes y derramaron un refresco, María se sintió feliz. Comió mucho y cuando su galleta de la suerte le dijo: "Eres madura y sensata", tuvo que estar de acuerdo. Y su padre y su madre también. En el coche camino a casa, la familia cantó la letra de "La bamba" acompañada por el radio. ❖

El niño karateka

❖ Todo empezó cuando Raimundo, el primo mayor de Gilberto, trajo el video del *Karate Kid.* Nunca antes había sido tan claro el mensaje; Gilberto nunca antes había visto su vida en la televisión. Sentado en la oscuridad con una caja de galletas en las piernas, supo que *él*, Gilberto Sánchez, alumno del quinto año de la primaria John Burroughs, era el *karate kid.* Al igual que el niño en la pantalla, a él siempre lo estaban molestando los grandulones. Él también era un niño cortés que hacía su tarea y no se metía con nadie. Y, como el niño en la película, Gilberto quería ser lo suficientemente fuerte para enfrentarse con cualquiera que le causara problemas.

Inspirados, Gilberto y Raimundo patearon y golpearon a contrincantes imaginarios mientras caminaban rumbo a la tienda para comprar un refresco.

—Nos persiguen los *ninjas* —susurró Gilberto en un callejón.

—¿Y qué? No pueden meterse con nosotros. Somos primos. Si se meten contigo, se meten conmigo. Si se meten conmigo, se meten contigo.

—Así es. Somos malos —Gilberto golpeó a un *ninja* en el cuello—. Toma. ¡Y otra más! Y dale un poco a tu hermano.

Se treparon al toldo de un coche chocado y se pararon al estilo cigüeña, en una sola pierna, igual que en la película. Pero en vez de un mar violento como telón de fondo, había un barrio dilapidado con casas desvencijadas y coches polvosos.

El valor de Gilberto duró incluso hasta el siguiente día. En la escuela, Simón el Molón se metió en la fila de la comida, justo adelante de Gilberto. Éste lo miró y dijo:

—Oye, fórmate atrás.

El Molón, un niño no muy listo de cuarto, era un temible peleonero que podía batirse con los muchachos más grandes.

—¿Qué dijiste? —preguntó el Molón. Sus puños estaban cerrados y temblaban como pequeños animales. Acercó su cara a la de Gilberto.

—Dije que no voy a dejar que te metas. ¡Vete atrás!

—No, ¡ten cuidado!

—¡No te lo voy a repetir! —Gilberto cerró los puños e inclinó el cuerpo hacia el Molón. Estaba sorprendido con su propia agresividad.

—Te espero en el patio —dijo el Molón, y hundió su dedo en el pecho de Gilberto.

—Donde quieras y a cualquier hora —le gritó Gilberto para su gran asombro al Molón, que se metió más adelante en la cola. Raimundo se acercó a Gilberto.

—¿Por qué hiciste eso? Sabes que no pelea limpio.

—Porque sí —dijo Gilberto con una mirada abstraída. Estaba ocupado imaginando la golpiza que le daría el Molón.

—Te va a ir mal —advirtió Raimundo—. ¿Por qué te pusiste tan fanfarrón, menso?

—No te preocupes —dijo Gilberto mientras abandonaba aturdido la cola.

Ya no tenía hambre; se había atiborrado de miedo. ¿Dolería mucho, se preguntó, que lo golpearan en la cara numerosas veces? ¿Le quedaría suficiente sangre en el cuerpo para caminar a la Dirección?

Raimundo se sentó a su lado. Era mayor que Gilberto y podía darle una paliza al Molón, pero sabía que era mejor no inmiscuirse. Era la pelea de Gilberto.

—Acuérdate —aconsejó Raimundo—, golpea y patea. Pon cara de malo, también.

Se reunieron en el patio. Los niños se arremolinaron para ver la pelea. Gilberto atisbó a Patricia, la niña que le gustaba considerar como su novia, que venía caminando hacia ellos. Ay no, pensó para sus adentros, va a ver cómo me ponen una paliza. En ese momento se arrepintió de no haber dejado que el Molón se metiera en la cola.

El Molón dijo:

—¿Qué te parece, necio? ¿Todavía te crees muy malo?

—Sí —gruñó Gilberto.

Trató de seguir el consejo de Raimundo y poner cara de malo, pero su mente se había derretido en un charco de células erráticas. Pero no estaba tan perdido como para olvidar que debía pararse como una cigüeña y agitar los brazos.

—No más porque viste el *Karate Kid* te crees muy malo, ¿eh? No eres malo —lo retó el Molón. Algunos de los niños mayores animaron al Molón para que empezara.

Nuevamente Gilberto trató de poner cara de malo.

—Anda, agárrame. Si crees que eres...

Gilberto no terminó su frase. El Molón lo agarró con un gancho largo a la quijada, que arrojó a Gilberto al suelo. El Molón se le echó encima y lo golpeó unas cuantas veces más antes de que Raimundo lo apartara.

—Ya basta, Molón. Déjalo en paz.

Gilberto ni siquiera intentó moverse. Algunos niños se burlaron de él, lo llamaron "marica", "pelele" y "cobarde", pero Gilberto se quedó en el suelo con los ojos cerrados, esperando a que todos se alejaran.

Finalmente abrió un ojo y al ver que todos, incluso Raimundo, habían desaparecido, se irguió sobre un codo. ¿Por qué no había funcionado? Se había parado como una cigüeña, igual que en la película.

Aunque al día siguiente había clases, Gilberto convenció a su madre esa noche de que lo dejara pedirle prestado el *Karate Kid* a Raimundo una segunda vez. En esta ocasión vio la película con mucho cuidado, sin ninguna caja de galletas que pudiese distraerlo. Sí, su escuela era como la escuela de la película, llena de grandulones. Y sí, se había parado como una cigüeña y había agitado los brazos. Pero a diferencia del niño de la película, a él lo habían golpeado y arrojado al suelo. El ingrediente faltante le cayó encima como un martillo. No tenía un maestro y el niño de la película sí. Eso es, pensó. Necesito un maestro que me enseñe karate.

Al día siguiente Gilberto fingió una enfermedad y se quedó en casa. Revisó la *Sección amarilla* en busca de una escuela de karate. Era muy confuso. Había tantos estilos: chotocán, tae kwan-do, cajuquenbo, boc-fu, yuyitsu, kung-fu. Ése le sonaba conocido, pero estaba al norte de Fresno, lejos de su casa. Tardaría horas en llegar allá en su bicicleta.

Finalmente decidió llamar a la escuela de chotocán, que estaba a la vuelta de su casa. Le contestó una grabación con los horarios, que eran de las 3:30 de la tarde a las 7:00 de la noche. Gilberto decidió practicar la posición de cigüeña hasta que abriera el centro. Para las 3:30 ya estaba exhausto y aburrido, pero de todas formas se montó en su bicicleta y se dirigió al centro. Para sorpresa de Gilberto, el instructor era mexicano, no japonés como el tipo de la película.

El instructor volteó el letrero de la ventana para que se leyera "Abierto" en vez de "Cerrado" y miró a Gilberto.

—Oye, niño, ¿qué sucede?

Me llamó "niño", pensó Gilberto. Me pregunto cómo habrá sabido. ¿Me pareceré al niño de la película?

—¿Quieres tomar clases?

—Sí.

—Tienes que ser muy serio.

—Lo seré, lo prometo.

—Son veinticinco dólares al mes y quince por el uniforme.

El instructor dejó entrar a Gilberto y lo miró pasearse por el *dojo,* que era pequeño, oscuro y oloroso. Sólo había unos espejos, una pera de boxeo y un carrito de supermercado lleno de algo parecido a guantes de box.

—Y hay un precio inicial. Dos meses por el precio de uno. Quédate, niño, creo que serías bueno.

El instructor hizo una reverencia en la orilla del piso de madera y se metió detrás de una cortina. Luego de unos cuantos minutos, salió vestido con su uniforme, y lo único que pudo pensar Gilberto fue que *tenía una cinta negra.*

Entraron tres niños ruidosos con bolsas de supermercado en los brazos, que contenían sus uniformes. El instructor les dijo que se callaran, pero lo ignoraron. Se quitaron los zapatos pero no hicieron la reverencia como la había hecho el instructor en el momento de posarse en el piso de madera. A Gilberto no le cayeron bien a causa de su descortesía. No eran como el niño de la película.

Entraron cuatro niños mayores y se unieron a los otros, que jugaban a la roña. Finalmente, el instructor aplaudió y les gritó para que se pusieran en fila. Cuando uno de los niños se quejó con un "ay, hombre", el instructor lo miró con furia.

—Anda, sé un poco más respetuoso —gruñó.

Los niños se limpiaron las caras sudorosas en sus uniformes arrugados. Mientras se ponían en fila, uno empujó a otro, que cayó al suelo y fingió que lloraba. El instructor, cuyo ceño se comprimió en dos rayas oscuras de enojo, les dijo que fueran más respetuosos.

La clase empezó con ejercicios de salto, y aunque el instructor dijo que los hicieran todos juntos, los niños saltaron a su antojo. Les dijo que hicieran lagartijas, y todos se quejaron. Luego se sentaron contra la pared para hacer ejercicios de estiramiento.

Gilberto estaba asombrado. Todos salvo dos de los siete niños tenían cintas amarillas. Uno tenía una cinta verde y el otro traía puesta una cinta blanca en cuyo extremo había algo parecido a tela adhesiva negra.

Esa noche durante la cena le preguntó a su madre si podía tomar clases de karate. Su madre se limpió la boca y le dijo que no.

Él ya tenía lista su respuesta. Estaba preparado para la batalla.

—¿Por qué? Sólo cuesta veinticinco dólares al mes.

—Porque no te hace falta —dijo su madre—. No aprenderías nada que te pueda ser útil en el futuro. La escuela es más importante.

—Sí, si no te dan una golpiza todos los días.

—¿Qué quieres decir? —preguntó su madre.

—Ayer me dio una golpiza Simón el Molón. Por eso me quedé en casa hoy.

—¿Por qué no dijiste nada?

—¿Qué podías hacer? Estás en el trabajo y yo en la escuela. No puedes cuidar de mí durante el recreo.

—No seas respondón.

—Pero es cierto. No sabes lo que es.

Su madre sabía que era cierto. Se quedó mirando su ensalada y recordó la vez que sus padres no la dejaron tomar clases de baile. Por más que lloró sus padres dijeron la misma cosa. "No, no te hace falta." Miró a Gilberto, cuyo rostro se iluminó de esperanza, y preguntó:

—¿Cuánto cuestan las clases?

—Veinticinco dólares. Es más barato que la mayor parte de los otros lugares —dijo—. Y necesito un uniforme.

Miró el rostro radiante de su hijo.

—Quizá sea bueno para ti —dijo.

—Me entrenaré muy bien, y luego me podrás llamar el *karate kid.*

Gilberto se terminó toda su comida y lavó los trastos sin que su madre tuviera que pedírselo.

Esa noche tuvo sueños extraños y delirantes en los que toda la escuela lo veía acribillar al Molón con golpes y patadas de karate. Sólo se detuvo cuando el Molón gritó: "Ya basta." Luego, en un acto de bondad y piedad, Gilberto condujo al Molón al baño de los niños para que se lavara su cara amoratada.

Gilberto empezó sus clases al siguiente día. Tenía miedo de los niños con cintas amarillas, aunque era de la misma edad y tamaño que casi todos ellos.

Cuando el señor López les pidió que hicieran la reverencia para dar inicio a la clase, sólo unos cuantos lo obedecieron. Los otros inclinaron la cabeza o se limpiaron la nariz en las mangas. Sus uniformes estaban sucios y sus cintas a punto de desatarse con el más ligero movimiento.

—Bueno, hagamos treinta y cinco saltos —ordenó el señor López.

Los niños emitieron un quejido pero empezaron a saltar, sin seguirle la cuenta al instructor. Luego hicieron dos series de quince lagartijas. Una vez más, los niños perdieron la cuenta y se quejaron de que era demasiado difícil.

Gilberto trató de seguir al instructor, pero se lastimó un músculo del hombro al hacer las lagartijas. Gimió y dijo:

—Señor López, me duele el hombro. ¿Es normal?

El instructor frunció el ceño.

—¿Tú también? ¿El primer día de clases y ya estás como los otros?

Eso hizo que Gilberto se esforzara más. Pero cuando llegó el momento de hacer los ejercicios básicos, ya no supo qué hacer. Miró de reojo y vio a los otros niños mover los brazos rítmicamente. De vez en cuando, el instructor hacía una pausa para corregir los errores de Gilberto, pero la mayor parte del tiempo lo ignoraba; los otros niños miraban por la ventana a la gente y los coches que iban pasando.

Luego practicaron patadas —patada de chicote hacia el frente, patada giratoria y patada lateral— y hacia el final de la clase los alumnos más adelantados, aquellos con cintas de colores, hicieron *katas*. Asombrado, Gilberto se sentó con las piernas cruzadas recargado contra la pared. Pero el instructor permaneció de pie con las manos en las caderas, insatisfecho con la técnica de los alumnos. No fue necesario que dijera nada: el mensaje era claro.

La clase terminó con más saltos y lagartijas. Luego los alumnos salieron haciendo reverencias y murmuraron que había sido el entrenamiento más duro del mundo. Gilberto añadió unas cuantas quejas.

Le dolía el hombro y las plantas de sus pies estaban llenas de ampollas a causa del piso de madera. Se dirigió lentamente a su casa en su bicicleta, con el uniforme enrollado debajo del brazo.

Durante la cena su madre, que en el fondo se sentía contenta porque su hijo estaba aprendiendo karate, le preguntó acerca de su primera clase.

—Estuvo medio difícil —dijo Gilberto—, y me sentí medio confundido.

Gilberto se paró e hizo una demostración. Iba a dar una patada de chicote, pero su madre le dijo que se sentara y comiera antes de que se le enfriara su comida.

—Me salieron ampollas en los pies porque practicamos en un piso de madera.

Quiso enseñarle a su madre pero sabía que era una falta de educación mostrar las plantas de los pies cuando alguien estaba comiendo.

La semana siguiente transcurrió casi de la misma manera: saltos y lagartijas, estiramientos dolorosos, golpes y patadas, y *katas* al final de la clase.

Gilberto le quería preguntar al profesor cuándo le tocaría pararse como una cigüeña, igual que el *karate kid* en la película, pero nunca pudo atraer su atención. El señor López tenía una mirada distante y parecía estar más interesado en ver a la gente de afuera que a sus alumnos.

Para el final del mes, Gilberto ya no cabía en sí de aburrimiento. Todos los días hacían lo mismo. No aprendieron ni un sola cosa que les sirviera para protegerse de otros niños. El propio instructor empezó a llegar tarde, e incluso cuando estaba allí no se molestaba en corregir las patadas o golpes de los alumnos. Sólo daba vueltas alrededor del *dojo* con las manos en las caderas.

Gilberto quería abandonar las clases, pero su madre había pagado las cuotas del tercero y cuarto mes. Cuando ella preguntaba: "Cómo van tus clases? Debes de estar muy fuerte, ¿no?", Gilberto fingía que todo estaba de maravilla y se arremangaba la camisa para presumir sus bíceps.

Pero el karate no era divertido; era aburrido y no le servía de nada. Un día en la escuela, cuando Simón el Molón trató de meterse frente a él en la fila de la comida, Gilberto, aún convencido en el fondo de que era el *karate kid*, lo empujó a un lado.

—¿No te di ya una golpiza? —le dijo desafiante el Molón.

—Ten cuidado, Molón. Estoy tomando clases de karate.

El Molón empujó a Gilberto y dijo:

—Nos vemos en el patio.

Afuera, delante de los niños de quinto y sexto de primaria, Gilberto se colocó en una posición de karate. El Molón dijo con una risita que lo único que podía salvarlo era el ejército de Estados Unidos y golpeó a Gilberto en la quijada. El golpe arrojó a Gilberto al suelo, donde permaneció con los ojos cerrados hasta el fin del recreo.

A Gilberto le daba demasiada vergüenza decirle a su madre que quería abandonar el karate. Seguramente lo regañaría. Le diría que había gastado más de cien dólares en las clases de karate, que Gilberto era un flojo y, lo peor de todo, que tenía miedo de los otros niños de la clase.

Gilberto se hizo tan descuidado como los otros niños. Durante seis meses asistió a los cursos, semana tras semana, y logró avanzar hasta la cinta amarilla, lo cual lo hizo sentirse orgulloso durante unos cuantos días. Luego regresó a la misma rutina de desidia y al tedio de lagartijas y sentadillas, estiramientos, golpes, patadas y *katas*. Los alumnos no se entrenaron para combatir ni una sola vez.

Gilberto imaginaba que peleaba con el Molón y el señor López miraba con los brazos cruzados. Gilberto se veía a sí mismo dando vueltas y haciendo fintas y veía al Molón encogerse de miedo y huir de sus golpes. Pero las más de las veces Gilberto imaginaba que abandonaba las clases de karate. Se veía caer de su bicicleta y romperse la pierna o caer de una azotea y romperse el cuello. Con tales lesiones nadie se burlaría de él por ser cobarde y no poder llegar hasta el final.

¿Cómo le voy a decir a mi mamá?, se preguntó el día en que decidió abandonar las clases porque eran muy aburridas. Quizá podría decirle que las cuotas mensuales eran ya de cien dólares al mes. O que ya sabía suficiente karate para defenderse. Pensó en los posibles pretextos mientras empujaba una escoba alrededor del piso de karate. Levantó la vista y vio a su instructor haciendo una *kata*. La primera vez que había visto al señor López hacer eso había pensado que era el hombre más fuerte de todo el mundo. Ahora sólo le parecía que estaba bien. Gilberto decidió que cualquiera que sudara tanto no podía ser demasiado bueno, y el instructor estaba sudando a chorros.

En la escuela, el Molón se burlaba de Gilberto y le decía:

—Oye, niño karateka, muéstranos lo que puedes hacer. Te apuesto a que ni siquiera podrías ganarle a mi hermana.

Era cierto. Su hermana estaba en el mismo año que Gilberto, y era tan brava como un gato enjaulado.

Un día el instructor llegó sonriente. Fue la primera vez que Gilberto vio sus dientes.

—Tengo noticias para ustedes —dijo mientras los niños se colocaban en fila—. Pero no ahora. Hay que practicar. ¡Dejen de jugar! ¡Pónganse en fila!

Mientras hacían sus ejercicios, Gilberto empezó a sonreír junto con el instructor. Supongo que ya llegó el día, pensó. Finalmente, nos va a tocar pelear. Durante meses había obedecido los gritos del instructor, y ahora él y los niños mejor portados iban a tener su oportunidad. Gilberto miró el carrito de supermercado con el equipo de pelea. Ya no aguantaba las ganas de que el instructor les dijera que fueran por el equipo.

Pero la clase siguió la misma rutina. Practicaron golpes, patadas y lo mismo de siempre de un lado al otro. Luego el instructor les gritó a los niños para que se pusieran en fila. Después de callarlos cinco veces, anunció que iba cerrar el *dojo*. El negocio iba mal, y no veía cómo podría continuar con sólo doce alumnos.

—No puedo hacer nada —dijo, finjiendo una mirada de tristeza—. Así es esto. Lo siento.

Sólo un alumno se lamentó. Los otros aplaudieron.

—Nada de respeto —murmuró el instructor. Se jaló la cinta y señaló hacia el vestidor—. ¡Fuera! Son unos niños terribles.

Antes de vestirse, los alumnos corrieron alrededor del *dojo*, carcajeándose y armando pelotera. Se despidieron con un ademán indiferente del instructor, que estaba parado frente a la ventana mirando pasar los coches.

Esa noche durante la cena, Gilberto, sonriente y muy contento, le dijo a su madre que la escuela se iba a cerrar.

—Es una lástima para el señor López y para ustedes.

Su madre estaba decepcionada y luego de comer en silencio le sugirió a Gilberto que tomara clases en otra escuela.

—Ah, no —dijo Gilberto—. Creo que ya aprendí lo suficiente para protegerme.

—Bueno, pero ya no quiero enterarme de que te ponen una golpiza.

—No sucederá —prometió. Y nunca sucedió.

Gilberto arrojó el uniforme al fondo de su armario y muy pronto olvidó sus *katas*. Cuando el Karate Kid. Segunda parte llegó a las pantallas ese verano, Raimundo tuvo que ver la película solo. Gilberto se quedo en su casa leyendo revistas de caricaturas sobre superhéroes; eran más reales que el karate. Y no hacían daño. ❖

Índice

Cadena rota 7
Beisbol en abril 23
Dos soñadores 37
Un blues sin guitarra 50
Primero de secundaria 62
La muñeca *Barbie* 73
Madre e hija 85
La bamba 97
La campeona de canicas 109
Crecer 119
El niño karateka 133

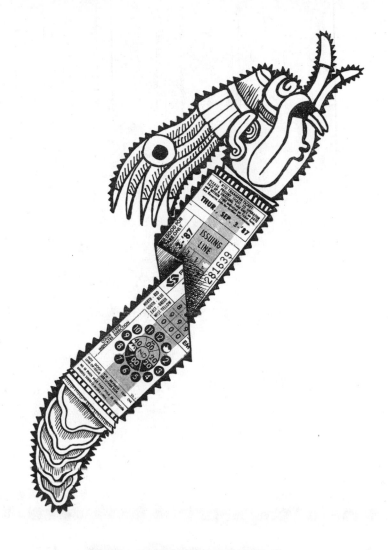

Este libro se terminó de imprimir en el
mes de noviembre de 1993 en los talle-
res de Marco Impresores, Atrio de San
Francisco, 67; Col. San Francisco Coyoa-
cán. El tiro fue de 5 000 ejemplares.